KB105392

아무튼, 아침드라마

아무튼, 아침드라마

남선우

위고

차례

마지막 파티
: 아침드라마의 운명을 사랑하기 위하여

2021년 9월 20일 월요일, SBS 아침드라마 〈아모르 파티〉가 낙차 큰 수습에 들어간 것을 보니 아무래도 마지막 회가 다가오는 듯했다. 급박하게 전개되던 사건들이 마찬가지로 급박하게 마무리되고, 조연들은 모두 사랑에 빠지거나 결혼에 골인했다. 최강 빌런이었던 강유나는 살인교사, 살인미수, 횡령, 사기, 사문서 위조 혐의로 감옥에 들어간다. 감옥에서도 자신이 라라그룹 회장임을 내세우며 고개를 숙이지 않던 강유나는 그 못지않게 거친 인생을 살아온 죄수들에게 지독한 괴롭힘을 당하고, 이제는 식사마저 거부하며 삶의 의지를 모두 내려놓은 듯하다. 그러나 그녀는 곧 자신이 장준호(현숙한 부인 도연희와 꿀이 뚝뚝 떨어지는 것은 아니지만 평화롭고 안정적인 결혼 생활을 유지하던 중, 옛 연인 강유나가 자신의 아버지 장 회장의 운전기사 황철오와 낳은 아이 하늘이와 조작된 친자 확인 검사지를 들고 나타나자 부인 도연희를 집에서 쫓아내고 강유나와 재혼, 강유나의 욕망 어린 설득으로 행복하게 다니던 방송국을 그만두고 아버지 그룹에 들어가 적성에 맞지 않는 부사장 노릇을 매일 책망을 받으며 억지로 수행하다가, 사랑의 증표로 보유 주식의 반을 강유나에게 선물한 뒤 강유나가 놓은 덫에 걸려 투자 사기 및 페이퍼컴퍼니 설립에 휘말리는 바람에 아버지를 쓰러지게 만들고 철창 신세를 지게 된 바로 그 장준호)의 아이를 임신했다는 사실을 알게 되자 다시금 생기와 삶의 희망을 되찾았고, 감방 식구들 역시 마음을 한데 모아 강유나와 태아의 건강을 돌봐주는 내용이 주를 이루었다. 이 사실을 모르는 장준호는 모든 것을 잊고 아프리카로 떠날 준비에 여념이 없는데….

그런데 무언가 이상했다. 통상 아침드라마는 종영을 앞두고 후속작의 예고편을 보여주기 마련인데, 어쩐지 아무런 예고가 방영되지 않는 것이다! 그날따라 홀로 아침드라마를 보고 있던 나는 마음이 불안해져 엄마 이상란 여사와 동생 남지우와의 단톡방에 소식을 알렸다.

"아무래도 〈아모르 파티〉 후속작이 없는 것 같아…."

후속작이 실망스러운 것도 아니고, 후속작이 존재하지 않는다니. 가족들은 무슨 황망한 소리냐며 기다려보라고 했지만 가능성이 없는 일은 아니었다. 아침드라마는 지난 몇 년간 계속해서 존폐 위기를 맞아왔기 때문이다. 막장 드라마라는 놀림거리가 된 지 오래고(나도 이 혐의에서 자유로울 수 없다), 매일 30분 분량을 방송해야 하다 보니 쌓여가는 참여자들의 과로(갈수록 배우들의 얼굴은 어두워진다)와 그럼에도 벗어날 수 없는 조악함(배우들의 어두운 낯빛은 조명을 쓰기가 여의치 않아서일 수도 있다), 제작비를 협찬에 크게 의존하면서 생겨나는 배경적 한계(거의 모든 회장님은 골프 의류 회사를 운영하고, 거의 모든 주인공은 돈까스집 또는 치킨집으로 재기를 노리고, 거의 모든 주인공 친구는 지압침대 대리점을 운영한다) 등은 아침드라마의 명운을 쇠하게 만들어왔던 것이다. 이로 인한 시청률 저하가 다시 제작비 저하로 이어지는 악순환이 일어나고, 협찬사들의 관심도 시들해졌을 것이다. 아침드라마의 표독스러운 악역이 실장님으로 있는 의류 회사보다는 생활정보 프로그램에서 장수의 비결로 소개되는 건강식품 회사가 더 적극적으로 제작 협찬에 관심을 보였을 것임은 당연한 시장의 논리다.

다음 날이 되자 〈아모르 파티〉의 종영이 임박했다는 느낌은 더더욱 강해졌다. 감옥에서 출산을 한 강유나는 시골에서 감옥 동기가 마련해준 옷 수선집을 운영하며 속죄의 마음으로 하루하루를 보내고, 도연희는 강유나의 전 남편 한재경과의 미적지근한 연애를 끝내기 위해 청혼을 준비한다. 한재경의 아들(사실은 강유나와 장 회장 운전기사의 아들) 하늘이도 청혼 준비를 열심히 돕는다. 한편, 아프리카에서 여행작가가 되어 돌아온 장준호는 바닷가 마을에서 어쩐지 한눈에 정이 가는 어린아이를 마주치게 되는데…. 세상에, 일이 이렇게까지 전개되는데도 여전히 후속작 예고편은 나오지 않았다.

슬픈 예감은 틀리지 않는다고, 검색을 해보니 SBS의 아침드라마 폐지 소식을 알리는 기사 몇 개를 찾을 수 있었다. 지상파 3사 중에서 마지막까지 아침 드라마를 사수해온 고마운 SBS마저 "최근 신종 코로나바이러스 감염증 여파 등 계속되는 방송 환경 변화에 따라 아침드라마를 폐지하고 보도, 생활정보 등 교양 프로그램의 편성을 확대하기로 결정했다"[*]고 보도했다. 너무나 갑작스럽게 찾아온 이별 소식에 우리 가족은 망연자실했다. 먼 앞일은 모르는 것이지만, 당분간 우리가 함께 아침드라마를 볼 수 있는 날이 이제 고작 한 주 남은 것이다(그리고 먼 앞일은 모른다는 말로 실연의 아픔을 달랬던 인연들은 대부분 돌아오지 않았다).

[*] 「SBS '아모르 파티' 이후 아침드라마 폐지…"시청자 요구 위해"」, 『스포티비뉴스』, 2021년 9월 14일 자.

기억이 있는 시점부터 우리 가족은 아침드라마를 즐겨 보았다. 시작은 주말 아침드라마였다. 지금으로서는 상상도 할 수 없는 주 6일제였던 당시, MBC〈한지붕 세가족〉(무려 413회를 방영했다!), KBS〈일요일은 참으세요〉(손지창과 오연수가 함께 출연했다!) 같은 일요 아침드라마는 온 가족이 알람 없이 일어나 거실에 하나둘 모여 뒹굴뒹굴 빈둥대면서 하루를 시작하는 즐거운 루틴이었다. 식탁이 아닌 거실에 주전부리가 하나씩 모이고, 일주일 만에 찾아온 이야기에 귀 기울이다 보면 어느새 드라마가 끝나고 주말 요리프로그램이 방영됐는데, 대충 보는 모드를 끝내고 메모를 해가며 프로그램을 경청한 아빠와 장을 보러 갔다가 오징어튀김을 사 먹고 들어오면 반나절, 아침에 본 요리를 우당탕탕 해 먹고 나면 하루가 다 갔다. 지금의 내 나이 또래였을 부모님은 다른 모든 면에서도 그렇지만 휴일을 휴일답게 보내는 데도 나보다 훨씬 능숙했던 것 같다.

　　일일 아침드라마를 즐겨 보게 된 것은 비교적 최근인 15년 전쯤부터인 것 같다. 막 직장 생활을 시작한 나와 막 대학 생활을 시작한 동생, 동생의 이른 등교에서 해방된 엄마는 자연스럽게 함께 아침드라마를 보며 하루를 시작했다. 잠이 덜 깬 상태로 TV 앞에 앉으면 사랑과 배신과 거짓말과 위기와 모면과 극복과 복수가 쉴 틈 없이 일어나, 졸린 눈을 번쩍 뜨게 만들었다. 스케일은 다르지만 각자의 하루에도 사랑과 배신과 거짓말과 위기와 모면과 극복과 복수가 기다릴 것이기에, 우리는 마치 예방주사를 맞듯 아침드라마를 보기 시작했다. 아침밥을 먹으며 머리를 말리며 눈썹을 그리며 아침드라마를 보고 나면 잠은 달아나고 전투력은 올라가 있었다. 하루를 시작할 준비가 된 것이다.

아침드라마는 모닝커피보다 강력한 전개로 잠을 깨우는 역할도 했지만, 엄마와 나와 동생, 우리 셋만 공유하는 어마무시한 스토리가 있다는 것도 큰 재미였다. 우리 주변에서 아침드라마를 보는 사람을 거의 찾아볼 수 없었기 때문에(어딘가에 분명 샤이 아드인들이 존재하겠지만), 아침드라마는 우리 셋 외에는 나눌 수 없는 이야기가 되었다. 우리는 같은 사건을 공유하며 함께 놀라고 낄낄댔고, 앞일을 예측하고 그것이 적중하면 서로 대단하다고 치켜세워주는 퍽 즐겁고 소중한 시간을 보냈다. 아침드라마의 종료는 이 모든 것의 종료를 의미하는 것이기도 했다.

아침드라마에 대한 책을 써보기로 한 2021년 초봄에는 상상하지 못했던, 2021년 가을의 아침드라마 종료 소식에 아침드라마는 나에게 더욱 애틋하고 운명적인 대상으로 다가왔다. 심지어 마지막 아침드라마의 제목이 '운명을 사랑하라'라는 뜻의 '아모르 파티'라니, 더더욱 운명적으로 보였다. 프리드리히 니체가 말한 아모르 파티(Amor Fati)의 의미는 "필연적인 운명을 긍정하고 단지 이것을 감수할 뿐만 아니라 오히려 이것을 사랑하는 것이 인간의 위대함을 보여주는 것"*이라고 한다. 피할 수 없는 아침드라마의 종료 앞에서 아침드라마가 나와 가족에게 만들어준 즐거움을 생각하고, 내가 기억하는 놀라운 이야기들을 기록해보면서 아침드라마에 대한 작은 아모르 파티를 실천해보기로 했다. 과분하고 감사한 제의를 받고도 오랜 시간 이런저런 핑계로 미뤄졌던 『아무튼, 아침드라마』는 이렇게 시작하게 되었다.

---

*   임석진 외, 『철학사전』, 중원문화, 2009, 671면.

아침드라마 복용법
: 힘들 때 하루 30분

아침드라마를 한창 열심히 보던 2018년 봄께를 회상해보자. 10시까지 출근하는 나는 8시 10분, 즉 SBS 아침드라마 시작 20분 전에 맞춘 알람 소리에 일어난다. 9시까지 출근하는 남지우는 이미 집을 나선 시각이다. 운이 좋으면 나가는 소리를 듣고 "안녕~!"과 "안녕~~!"을 각각 이불 속과 현관에서 고함치듯 나눈다. 내가 부시럭부시럭 일어나 TV를 켜면 이상란 여사가 물으신다.

"뭐 먹을까?"

"뭐 있는데?"

여사님은 집에 아침으로 먹을 만한 것으로 무엇이 있는지 약간의 사연과 함께 브리핑해주신다. 희은이 아줌마가 계 모임에서 전해준 배추전과 메밀전병이 있고, 종목이 배추전과 메밀전병인 까닭은 희은이 아줌마의 언니가 강원도에 살기 때문이며, 아니면 장집사님이 보내준 오렌지랑 요거트를 먹을 수도 있고 토스트도 먹을 수 있되 버터는 없으며, 어제 공부방 학생이랑 사 먹고 남아서 가져온 김밥을 계란에 부쳐 먹을 수도 있고, 너는 내둥 나가 먹느라 아직 먹지 않은 며칠 된 된장국에 밥도 있다고 한다. 아뿔싸, 냉장고를 열어보시더니 김밥은 사라졌다고 한다. 몇십 분전의 남지우가 해치운 듯하다. 나는 각기 다른 슬롯

에 있던 배추전에 된장국을 매치하는 창의력을 발휘
한 후 씻으러 들어간다.

　　물칠만 하고 나온 거냐는 매일 같은 핀잔을 들
으며 서둘러 나와, 머리에 수건을 두르고 TV 앞에 앉
는다. 아침드라마가 시작한다. 배추전과 된장국을 먹
으며 얼굴에 화장품을 순서대로 바른다. 일어난 지
20분이 채 되지 않아 멍한 와중에 행여 어제 일을 잊
었을까 봐 한 신을 겹쳐주는 아침드라마의 친절과 함
께 놀라운 장면들이 시작된다. 당시 방영하던 아침
드라마는 〈해피시스터즈〉. 아드의 여왕 심이영 배우
가 연기하는 예은은 아기를 낳지 못한다는 이유로 지
독한 시집살이를 하면서 못된 남편 진섭 때문에 갖은
고초를 겪다 이혼을 하는데, 이후 진섭이 무정자증과
췌장암 진단을 동시에 받게 된다. 아이를 가질 수 없
는 것은 진섭의 새 부인 화영도 마찬가지인데, 옛 연
인인 두수에게 임신 사실을 고백하자 유부남이자 산
부인과 의사였던 두수가 강제로 낙태 및 자궁 적출 수
술을 해버린 것. 5천 억 자산가라던 화영의 부모는 알
고 보니 화영이 고용한 역할 대행이고, 돈과 건강을
모두 잃은 진섭은 하루아침에 얼굴색이 검어진다. 진
섭은 지푸라기라도 잡는 심정으로 다시 예은을 찾아
가지만 이미 예은 곁에는 TMO그룹 본부장이자 건실

하고 정직한 남자 형주가 있는데….

진섭이 무정자증에 암 말기라는 사실에 진한 커피를 마신 것처럼 눈이 동그래진다. 옷을 입느라, 짐을 챙기느라 분주해도 아침드라마의 정확하고 큰 대사 톤 덕분에 내용을 놓치지 않는다. 드라마가 끝나기도 전에 여사님은 동생과의 단톡방에 요약 중계를 시작한다. 슬슬 끝날 시간과 나갈 시간이 다가온다. 예고편까지 챙겨 보고 9시 7분에 나가면 도착 시간이 아슬아슬하고, 9시 정각에 나가면 여유로운 출근을 할 수 있다. 나는 그날그날의 무드와 컨디션에 따라 각각 다른 의미의 용단을 내린다. 머리가 다 마르지는 않았지만 집을 나선다. 버스에 앉아 이상란 여사가 보내주시는 뒷이야기 요약 중계에 살을 붙이며 킥킥대다 보면 회사에 도착한다. 눈 뜨자마자 마주했던 별세계는 사라지고 일상으로 복귀한다. 어쩐지 다시 눈이 감기는 것 같지만 사실은 이미 몸도 마음도 활성화가 끝났다.

직장이 바뀌고 출근 시간이 늦춰진 2020년부터는 아침이 다소 여유 있다는 생각에 새벽 2, 3시에 잠드는 일이 많아졌다. 9시에 일어나도 시간이 충분한데도 나는 부득불 8시 30분에 거실로 기어 나왔다.

엄마를 위한 선물이라며 장만한 거실 안마침대를 선점하고 누워 아침드라마의 볼륨을 높인다. 드륵드르륵 안마침대의 따뜻한 구슬 또는 바퀴 같은 것이 척추를 타고 지나가며 몸을 깨우는 사이 소리로만 듣는 아침드라마가 정신을 깨운다. 〈불새 2020〉이 막바지에 이르렀다.

"뭐? 서은주가 탈옥을 했어?"

"뭐? 미란이가 걸을 수 있어?"

"뭐? 아빠가 살아 계신데 기억상실증이라고? 그럼 새아빠는 어떡해….”

쟁그랑! 끼익! 쿵!!!

대사만 들어도 대략 파악이 가능하나, 가끔은 도저히 궁금해서 몸을 일으키지 않을 수 없다. 그렇게 몇 번 일어나다 보면 완전히 일어나게 된다. 아직 씻지도 먹지도 않았지만 출근할 상태에 가까워진 것이다.

아침드라마는 잠을 깨우는 역할뿐 아니라 하루를 구동시킬 동력 또한 얼마간은 제공해주었던 것 같다. 배가 아픈데 난데없이 손바닥을 꾹꾹 누르면 통증이 가시는 것처럼 관계없(지만 사실은 연결되어 있)는 추진력을 주었던 것이다. 지루하고 평범하고 때로는 낙이 없는 시간들이 반복될 때면 아침드라마의 뜬금없는 스토리에 깔깔 웃으며 어물쩍 시간을 넘길 수 있었다. 맡은 일을 잘 수행해내기 위해서 가면을 써야 하는 것이 괴로울 때면 5천 억이 있는 가짜 부모 행세를 하는 사람도 있는데 계약 내용을 꼬치꼬치 따져 묻는 사람 한번 못 되겠는가 싶고, 주인공의 공을 다 가로채는 것도 모자라 자료실에 가두고 주요 파일을 지우고 CCTV를 없애고 애인까지 뺏는 상사를 보면서 고작 점심 메뉴를 자기 마음대로 정하는 내 상사는 정말 양반이다 싶고, 부모의 원수인 전 남편의 현 부인과 한 회사를 다니는 주인공을 보며 뭔가 조금 불편했던 동료 정도는 얼마든지 와락 끌어안게 되는 것이다.

그렇게 매일 아침드라마를 복용하며 열심히 건강관리(?)를 해오던 나는 2018년 말 느닷없이 직장을 그만두었다. 초등학교 때 다니던 학원을 고등학교 때까지 다니고, 누구를 차본 적도 먼저 절교해본 적도 없는, 한 번도 무언가를 스스로 그만둬본 적 없었던 당시의 나로서는 6년간 애정을 가지고 다니던 직장을 그만둔 것은 굉장히 큰 일이었던 동시에 지금 생각해보아도 참 칭찬해주고 싶은 결단이었다. "원하는 모습이 되고 싶어서 월급보다 비싼 물건을 사기도 하는데, 너는 당분간 수입이 없는 게 아니라 원하지 않는 모습으로 있지 않기 위해 월급만큼을 지출하는 거라고 생각하라"는 이상란 여사의 애정 어린 궤변과, (안 그래도 난 계속 쉴 건데) 아주 호사스러운 휴가를 마련해준 동생의 응원이 뒤따랐다.

　　행복한 백수가 된 나는 알람을 맞추지 않고 암막커튼을 친 방에서 저절로 눈이 떠질 때까지 자다가 발가락 끝부터 꼼지락대며 천천히 일어났다. 거실로 나와 물 한 잔을 마신 뒤 이리저리 엉터리 스트레칭을 했다. 그러고는 따뜻한 물에 천천히 공들여 몸을 씻었다. '물칠만 하고 나오냐'는 핀잔은 '이제 점심 먹어야지?'라는 핀잔이 대신했다. 이 무렵 이상란 여사와 함께 먹는 점심은 내가 차렸다. 광화문에서 일할 때 주 1회는 비건 생활을 하려고 노력했다. 약속이 있다며 어색하게 무리에서 빠져나와 근처에 몇 안 되는 채식 레스토랑에 가서 한 접시에 2만 5천 원 정도 하는 음식을 혼자 먹었다. 그러나 이제 하루 한 끼 비건인 나는 영화 〈리틀 포레스트〉의 주인공이 된 양, 오늘은 무슨 야채를 살살 볶아 밥 위에 얹어볼까, 채수를 내서 유부와 버섯을 넣고 고추기름과 땅콩버터로 간을 해 이상하지만 매력 있는 국물을 만들어볼까, 토마토와 마늘과 야채를 있는 대로 넣고 파스타를 만들어볼까… 신이 나서 얘기하면 이상란 여사께서 취향과 무드에 맞게 선택을 했다. 오후가 되면 마음에 드는 장소에 가서 노트북을 열고 프리랜서 일을 했다. 싱가포르와 바젤과 베니스와 베를린과 나짱과 상하이와 타이중과 타이베이를 놀러 다니며 퇴직금을 탕진하지 않았다면 좀 더 오래 지속되었을 행복한 나날들이었다.

그동안 모든 아침드라마를 놓치지 않고 다 보았다고 자부했던 나는 이 글을 쓰기 위해 아침드라마 방영 목록을 살펴보다가 2018~19년에 방영했던 〈강남 스캔들〉이라는 드라마를 제목조차 본 기억이 없다는 사실에 놀랐다. 그리고 차기작인 〈불새 2020〉의 방영 시점(2019년 5월 말)과 내가 다시 직장에 다니기 시작한 시점(2019년 6월)이 일치한다는 사실에 다시 한 번 놀랐다. 나는 백수 시기에 아침드라마를 전혀 보지 않았던 것이다. 더 정확히 말하면 그 시절에는 아침드라마를 볼 필요가 없었던 것이다. 놀랍고 우스워하던 중 오래전에도 비슷한 일이 있었다는 것이 기억났다.

고등학교 3학년 시절, 〈동거동락〉과 〈이소라의 프로포즈〉라는 TV 프로그램이 있었다. 고3인 것도 억울한데, 독서실에 가느라 두 프로그램을 보지 못하는 것이 너무나 서러웠다. 나는 이상할 정도로 두 프로그램에 집착했다. 걸어서 20분 거리인 독서실에서 프로그램 시간에 맞추어 집에 왔다가 간 적도 있고, 토요일 저녁에는 독서실에 가지 않겠다고 선언했다가(사실 아무도 가라고 하지 않았다) 스스로 불안감을 이기지 못하고 울분의 철회를 하곤 했다. 그러다가 이상란 여사가 오래된 비디오 플레이어를 생각해냈다. 120분짜리 VHS 공테이프에 〈동거동락〉과 〈프로포즈〉를 녹화해주겠다는 달콤한 제안이었다. 여사님은 토요일의 녹화를 성실히 수행해주셨고 12시에 독서실 셔틀버스를 타고 집에 돌아온 나는 새벽 2시가 넘도록 테이프를 돌려 보며 억울함을 달랬다. 가뜩이나 피곤한 수험생 생활이었지만 그것마저 보지 못한다면 나라는 인간의 존엄이 훼손 혹은 말살되는 것만 같았다.

그런데 수능을 보자마자 상황이 달라졌다. 여사님은 여전히 매주 정성스레 두 프로그램을 녹화해두셨으나, 밤늦게까지 놀다 들어온 나는 그날도 다음 날도 그다음 날도 녹화 테이프를 틀지 않았다. 심지어 토요일 저녁 집에 있으면서도 친구와 전화를 하거나 싸이월드를 하느라 TV를 켜지 않은 적도 많았다. 이상란 여사는 황당한지 혀를 끌끌 차셨다. 그런 종류의 황당함을 처음 안겨드린 것은 아니었지만….

〈동거동락〉과 〈프로포즈〉가 수험생의 어두운 삶을 비추는 가느다란 촛불이었다면, 이제는 사방에 밝은 등이 팡팡 켜져 있기에 촛불 따위는 필요 없던 것이다. (취업 준비를 전혀 하지 않던) 대학 생활은 마냥 즐거웠고, 마침 싸이월드의 전성시대를 지나던 나는 굳이 TV가 없어도 살 수 있을 것 같았다.[*] 당시에는 힘들다고 꽤나 징징대었으나, 지금 와서 생각해보면 꽃길만 걸었던 첫 직장 생활과 대학원 생활 때도 목을 매고 보았던 TV 프로그램은 없었다. 그러다가 다시 회사에 들어가자마자, 후두두둑 정전되듯 불 꺼진 삶에 새 낙이 필요했으니, 그것이 바로 아침드라마였던 것이다.

수험생 시절에 보던 예능 프로그램은 일종의 낭만과 안도감을 주었던 것 같다. 아무리 여유가 없어

---

[*] 이제 와서 생각해보니 동생 남지우가 고3이 되자 집에 TV가 없었으면 좋겠다고 조심스레 말한 적이 있다. 나는 대수롭지 않게 마음대로 하라고 했으나, 이상란 여사는 "너 혼자 사는 집이 아니다"라는 놀라운 멘트와 함께 TV를 수호했다. 워낙 TV를 좋아하고 공부 압박이 없었던 우리 집 분위기를 보여주는 대화라고 생각했으나, 지금 와서 생각해보면 여사님에게 뭔가 낙이 필요했던 게 아닌가 싶어 마음이 저릿해진다.

도 이 정도는 하고 살 수 있다는 위안 같은 것 말이다. 한편 직장인이 된 나에게 아침드라마는 식전 30분에 먹으라는 알약처럼 하루를 열기 직전에 복용하는 점막보호제 같은 것이었다. 또는 조금 치사한 방법이지만 내 삶에서 일어나는 크고 작은 문제와 사건을 견딜 수 있도록 비교우위를 갖게 해준 것 같다.

〈강남스캔들〉은 얼마나 재미있는 드라마였을까, 엄마와 동생에게 물어보니 '말도 안 되지만 재미있었다'고 한다. 그렇다면 큰 칭찬인데…. 어쩐지 아쉬워지지만 그 시절의 나에게는 그 드라마가 필요 없었다는 것이 감사하고, 갖은 어려움을 겪는 중에도 아침드라마 정도면 기운을 차릴 수 있었다는 사실 또한 감사하다. 설마, 아침드라마는 그래서 언젠가부터 주말에는 하지 않게 된 것인가?

아침드라마는 비극인가 희극인가

어릴 적 나는 '셰익스피어 4대 비극'이 그다지 슬프지 않은 것과 내 기준에서는 더욱 슬펐던 『로미오와 줄리엣』이 4대 비극에서 빠졌다는 것, 그리고 그의 '5대 희극'이 별로 웃기지 않는다는 것을 이상하게 생각했다. 『햄릿』보다는 만화 〈플란다스의 개〉가 훨씬 심금을 울렸다는 것은 단순히 내 교양 수준 때문이었다고 하더라도, 『말괄량이 길들이기』에서 자신만만하게 목소리를 내던 카트리나가 결국 남편의 내기 부름에 혼비백산하여 일등으로 달려오게 된 가슴 먹먹한 꼴이 대체 어디가 웃긴 것인지 아무리 생각해도 알 수가 없었다. 이제는 비극이 단순히 슬픈 것을 뜻하지 않으며, 희극 또한 마냥 웃긴 이야기를 일컫는 게 아니라는 것을 어렴풋이 알지만 그럼에도 어떤 서사를 단순하게 비극인지 희극인지 나누는 것은 어떤 사람이 착한지 나쁜지를 단정하는 것만큼이나 이분법적이지 않나 하는 생각이 든다. 무식해서 할 수 있는 용감한 소리일지 모르지만 말이다.

아침드라마라는 장르 또한 비극이나 희극이라는 한 범주에 덥석 넣기가 망설여진다. 어느 쪽을 택한다고 해도 어딘가 딱 들어맞지 않는 구석이 있기 때문이다. 그저 웃기는 이야기라고 하기에는 너무나 충격적인 스토리에 장엄한 BGM이 흐르고, 주인공들은 자주 오열한다. 그렇다고 슬픈 이야기라고 하기에 아침드라마는 반드시, 결단코 해피 엔딩에 이르고(그러고 보니 유일하게 〈겨울새〉 오리지널 버전이 새드 엔딩이지만 원작 소설을 따르느라 그런 것이니 열외로 두어야 하겠다), 사람들을(적어도 지구에서 세 사람만큼은…) 웃게 만들기 때문이다. 그래도 굳이 한쪽을 정하자면 아침드라마는 비극에 가까운 것 같다가도, 아침마다 비극을 접하고 길을 나서는 사람치고는 나의 발걸음이 꽤나 흥겨웠던 것이다. 과연 아침드라마의 정체는 무엇이란 말인가.

우선 비극이란 무엇이고 희극이란 또 무엇인가. 기원전 384년에 태어나셨다는 아리스토텔레스 선생님은 놀랍고 반갑게도 이미 『시학』의 제5장에서 희극이란 무엇인지, 제6장에서 비극이란 무엇인지 정의 내리셨다. 그에 의하면 희극은 "보통 이하의 우스꽝스러운 악인의 모방"*이다. 그는 여기서 '우스꽝스럽다 함'은 남에게 고통이나 해를 끼치는 것이 아니라 단순히 '못난' 것을 의미한다고 부연했다. 너무나 단

---

* 아리스토텔레스, 『시학』, 천병희 옮김, 문예출판사, 2019, 45면.

순한 연상작용이지만, 아침드라마에서 주인공의 어깨를 한층 더 무겁게 하는 선한 못난이들 몇몇이 즉각 떠올랐다. 그리고 비극에 대해서는 좀 더 정성스러운 정의를 내리는데, 플라톤은 본질을 단순히 모방할 뿐인 (회화와) 비극을 폄하한 데 비해, 아리스토텔레스는 비극은 "진지하고 완결된 행동"을 모방하는 것이고, 플롯과 성격과 조사(운율)와 사상과 장경(스펙터클)과 노래를 가지고 있으며, 연민과 공포를 환기시키는 사건에 의하여 감정의 카타르시스를 갖게 하는 것이라고 말한다.* 설마, 아침드라마 〈수상한 장모〉는 마지막 회에서 이러한 비극의 마지막 퍼즐을 맞추기 위해 출연자 전원이 핑클의 〈영원한 사랑〉을 부르며 춤을 추는 장경을 연출한 것이었나!

　　이렇게 보니 아침드라마는 비극과 희극의 요소를 고루 갖춘 종합극으로서 경계를 횡단하는 급진성을 가지는 대단한 장르임이 분명했다. 서유럽 문학의 바탕으로 여겨지는 그리스 비극도 따지고 보면 아침드라마와 별반 다를 바 없다. 본인의 잘못을 무마하기 위해 딸을 제물로 바친 아버지가 바람난 어머니와 어머니의 정부인 삼촌에게 살해당하자, 그 원수를

＊　　같은 책, 49~51면.

갚는 다른 자식들의 스토리(아이스킬로스의 『아가멤논』)도, 계급 차를 무릅쓰고 결혼에 이르렀으나 이내 바람이 난 남편에게 끔찍한 복수를 행하는 여인의 스토리(에우리피데스의 『메데이아』)도 당장 아침드라마로 만들어져도 전혀 손색없을 이야기들이다. 아침드라마는 그리스 비극에 견줄 만큼 교양 있고, 희비극을 아우를 만큼 유연한 장르였던 것이다(아침드라마를 누가 왜 폐지했단 말인가!).

한편, 문학 어린이에서 여행을 가서도 아침드라마를 반드시 챙겨 보는 어른으로 성장한 나는 몇 해전 휴가를 갔다가 숙소 침대에서 아침드라마 〈내 사위의 여자〉를 시청 중이었다. 짐을 챙기던 친구는 뭔데 그렇게 열심히 보느냐고 물었다. 나는 신이 나서 줄거리를 요약해주었다.

"아니 글쎄 만삭의 부인이 교통사고로 죽은 뒤에도 장모를 엄마처럼 모시고 살아가던 남자 주인공이 힘들게 힘들게 새 사랑을 만났는데, 알고 보니 그 새로운 연인을 오래전에 버린 엄마가 자기랑 살고 있는 장모였어. 게다가 예비 새 장인은 현 장모의 옛 연인이자 전처를 차로 치고 도주한 남자더라니까? 근데 저 장모 직업은 가정 행복 전도사야. 너무 웃기지 않아?"

친구는 시큰둥하게 반문했다.

"그게 뭐가 웃겨, 들어보니 완전 비극인데?"

"…그러네."

순간 나 자신이 개미를 돋보기로 태우면서 킥킥대는 아이처럼 느껴졌다. '아니, 웃기다는 게 그 웃긴 게 아니지!'라고 반문하고도 싶었지만, 지어낸 이야기라고는 해도 누군가의 분명한 비극을 깔깔대며 재미있어하고, 그것을 전하며 이렇게나 신이 났다는 것은 부끄러운 일임에 분명했다. 희극이냐 비극이냐의 문제는 만드는 이의 의도에 의해서도 정해지지만, 보는 이의 반응에 의해서도 결정되는 것이었다. 정작 아침드라마를 비극이라고 말한 친구는 대수롭지 않게 여긴 듯했지만 나는 부지불식간에 내 저열함을 들켜버린 그 순간이 한동안 계속 부끄러웠던 것 같다.

오래전의 부끄러움이 다시 떠오른 이유는 『아무튼, 아침드라마』의 목차를 이리저리 구상해보고 있을 무렵, 존경하는 친구 목정원의 책을 읽다가 이런 구절을 보았기 때문이다.

신기하게도 아리스토텔레스의 『시학』 이래,
비극이란 관객보다 고귀한 인물의 고통을,
희극이란 그보다 저급한 인물의 고통을 다루는

것으로 규정된다. 모두 고통인 것은 매한가지이나 인물에 대한 나의 거리가 다른 것이다. 고귀한 이의 고통에는 몰입하므로 슬퍼지고, 저급한 이의 고통에는 거리를 두므로 웃음이 난다. 그리고 이 원리가 나는 언제나 기이했다. 사람은 어째서 늘 당연한 듯 거룩함 쪽에 이입하는가. 윤리적 우위라는 허상에 마음을 기대는 일은 어쩌면 그리도 쉬운가.[*]

나는 윤리적 허영심을 들킨 것 같아서도 덜컹했지만, 내가 혹시 아침드라마의 주인공들을 나보다 저급하다고 생각했던 것인가 싶어서도 뜨끔했다. 아니라고 아니라고 손사래를 친다 해도, 그런 마음이 정말 조금도 없었다고 가슴에 손을 얹을 수는 차마 없다. 오랜 시간 즐거움을 안겨준 친구 같은 아침드라마에게 속마음을 들킨 것 같아 너무나 미안해졌다. 미안함을 갚으려면 애정과 진지함을 가지고 열심히 보아드리는 수밖에. 하지만 애석하게도 방송 3사에서 모두 폐지된 아침드라마는 이제 내 곁에 없다. 그야말로, 비극이다.

[*]   목정원, 『모국어는 차라리 침묵』, 아침달, 2021, 102면.

정상가족 신화의 대항마

: 〈어머님은 내 며느리〉

법적 혼인으로 결속한 비장애인 시스젠더 헤테로 부부가 낳은 비장애인 시스젠더 헤테로 두 자녀. 흔히 말하는 '정상가족'은 이렇게 구성되어 있다. 정상가족의 둥지에서 자란 자녀가 또 다른 정상가족을 꾸리는 것을 정상가족의 아름다운 결실이라고 말한다. 이 틀에 편입되지 못했거나 여기에서 벗어나는 일, 가령 한부모가정이거나 자녀가 장애인이거나 퀴어이거나 결혼하지 않거나 결혼했는데 자식을 낳지 않는 일이 일어나면 그 집에는 근심거리가 생긴다. 아주 오래전 이야기인 것 같지만 그렇지만도 않다. 1인가구와 대안적 형태의 가족이 늘고 있고, 그에 대한 법제와 인식이 조금씩 달라지고 있다고는 해도 우리는 여전히 정상가족이라는 공고한 경계의 안과 밖을 나누고, 인구절벽의 위기(라고 말하는 상황) 속에서도 이를 타개할 정부 정책이 오직 '결혼 장려'에만 방점이 찍히는 상황 아래 살고 있다.

그런데 아침드라마 속 세상에서 단란한 4인가족이란 그저 조연을 넘지 못하는 평범하고 밋밋한 존재이고, 대부분의 주인공이 비혼모이거나(SBS 〈나도 엄마야〉), 계약결혼을 하거나(SBS 〈해피시스터즈〉), 전 부인의 현 남편의 전 부인이었던 여자와 전 부인이 다른 남자와 낳은 아이를 키우며 결혼하지 않고 살아

간다(SBS 〈아모르 파티〉). 이혼가정이나 재혼가정은 너무 흔해서 명함도 내밀 수 없다. 과도한 극적 설정과 전개 덕에 '비정상적' 형태의 가족이 유독 넘쳐나는 아침드라마는 어찌 보면 정상가족 이데올로기에 맞서는 급진적이고 대안적인 가족의 형태를 제안한다고 말할 수도 있지 않을까? 그중 최고봉을 꼽자면 바로 제목에서부터 정상가족의 신화를 뿌리째 흔드는, 2015년 SBS 드라마 〈어머님은 내 며느리〉를 들 수 있겠다. 대체 어머님이 무려 내 며느리인 상황은 어떻게 가능할 수 있었던 것인지 한번 들여다보자.

며느리 현주는 임신 중에 사고로 남편을 잃은 뒤에도 시어머니 경숙과 한집에서 함께 살고 있다. 남편 생전에는 다소 시어머니의 구박을 받았던 현주의 입지는 이 가정의 경제적 가장이 되고, 자신이 다니는 회사 멜사에 시동생 수경을 입사시키면서 역전된다. 큰소리 한번 내지 못하고 살던 현주는 이제 집안 대소사에 의견을 내고, 경숙과 수경은 합리적인 현주의 말을 따를 수밖에 없다. 수경이 연모하는 멜사 대표 경민이 현주를 좋아하면서 이 가정에 균열이 생기는가 싶던 중 경민의 회사는 경영난에 빠지고, 대기업 루루코스메틱에 매각된다. 현주는 정리

해고의 위기 속에서도 능력을 인정받고, 멜사와 루루를 합병하기 위해 미국에서 귀국한 기업사냥꾼 성태와 사랑에 빠진다. 냉혈한으로만 생각했던 성태를 현주가 달리 보기 시작한 것은 그가 자신의 아들 동우를 대하는 태도 때문이었다. 알고 보니 성태는 상처가 많은 사람이었다. 비혼모 어머니 밑에서 아버지를 그리워하며 컸고, 의료사고로 어린 아들을 잃고 이혼했다. 현주는 성태와 서로의 상처를 보듬으며 사랑을 키워나간다. 그 과정에서 현주는 전 시어머니 경숙과 시원섭섭한 이별을 하고 성태와 행복한 결혼에 이른다. 그러던 어느 날 성태의 생물학적 아버지가 나타나는데….

한편, 집안의 경제적 기둥이었던 현주가 떠나자 살길이 막막해진 경숙에게 봉주라는 새 동아줄이 생긴다. 멜사를 매수한 대기업 루루코스메틱 양 회장의 망나니 손자 봉주가 경숙을 보고 첫눈에 사랑에 빠진 것. 봉주는 양 회장의 유일한 혈육이다. 한국전쟁 때 딸만 데리고 이남했던 양 회장은 평생 외롭게 살면서 딸이 남긴 봉주를 지극한 사랑으로 키운 것이다. 경숙은 봉주가 인간적으로 못 미덥고 나이 차가 커서 (경숙이 한참 연상이다) 망설이지만 자신을 향한 봉주의 진심을 느끼고, 그와 함께라면 안락한 노후를 보낼 수 있겠다는 생각에 봉주의 청혼을 받아들인다. 다행히 시할아버지 양 회장이 경숙을 아껴주고 경숙의 딸 수경에게도 일자리를 마련해주니, 이제 봉주가 양 회장의 기업을 물려받기만 하면 모든 것이 완벽할 것만 같은데….

그러던 어느 날, 40년 전 딸의 반대로 결혼에 이르지 못했던 양 회장의 옛 연인이 당시 아들을 낳아 몰래 키웠다는 소식이 전해진다. 떨리는 마음으로 아들을 찾는 양 회장과 다른 이유로 떨리는 봉주와 경숙. 드디어 가족 상봉의 날, 봉주의 안사람으로 모임 장소에 나간 경숙은 경악을 금치 못한다. 시할아버지의 아들이 다름 아닌 성태이고, 자신의 시숙모 격인 성태의 부인이 현주였던 것!

황당하기는 현주도 마찬가지다. 얼마 전까지만 해도 어머님으로 모셨던 분이 자신의 조카며느리가 되다니…. 어딘가 통쾌하면서도 어색함이 압도적으로 앞서지만, 현주는 집안의 기강을 위해 마음을 다잡으려 애쓴다. 새로운 가족의 형태로 다시 한집에 살게 된 경숙과 현주. 경숙은 현주를 시집살이시켰던 나날들이 후회스럽기만 하다. 봉주는 갑자기 뚝 떨어진 나이 어린 삼촌 성태에게 유산을 빼앗길까 전전긍긍하고, 할아버지의 사랑이 삼촌에게로 기우는 것 같아 속상하기만 하다. 성태는 성태대로 혼란스럽다. 40년 전 가족들이 반대한다며 자기 어머니를 버리고 간 자가 이제 와서 아버지 행세를 하려 한다니. 심지어 그자가 공교롭게도 자기가 현재 보스로 모시고 있는 양 회장이라니. 그러나 성태는 하루아침에 생긴 아버지와 늙은 조카, 그리고 새 아내의 옛 시어머니였다는 조카며느리와 함께 어색하고 삐걱거리는 가족을 봉합해나가려고 애쓴다.

〈어머님은 내 며느리〉는 가족의 이름으로 엮일 수 있는 가장 낯설고 이상한 조합을 시연한다. 문자 그대로 시어머니를 며느리로 만난 극단적인 상황에서도 이 가족은 '정상적'으로 기능한다. 여기서 '정상'의 의미가 사전적 정의대로 "특별한 변동이나 탈이 없이 제대로인 상태"라면 말이다. 성태는 봉주에게 일을 제대로 가르쳐 갱생시키려 애쓰고, 봉주도 느리지만 한 발 한 발 이를 성실히 따라온다. 현주는 시집살이를 대물림하지 않고, 경숙도 이런 현주의 모습을 보며 진심으로 과거를 뉘우친다. 뒤늦게나마 서로를 이해하고 의지하며 살아가는 양 회장 일가. 어머님이 내 며느리이기는 해도, 이것이 정상이 아니라면 무엇이 정상이란 말인가!

물론 이 드라마에는 수경의 악행과 성태의 아들이 죽은 책임이 알고 보니 경숙에게 있었더라는 걸림돌이 있었지만 이 역시 진심 어린 속죄와 용서를 통과하고, 시간이 흘러 어머님은 현주의 조카손자를 출산하고 현주는 어머님의 시동생을 출산한다. 한편, 출소 후 개과천선한 수경은 그렇게도 결혼하고 싶어 했던 경민이 자신에게 드디어 관심을 보임에도 불구하고 늦게나마 혼자 힘으로 일궈내고 있는 삶의 재미에 빠져 연애도 결혼도 영 생각이 없어 보인다.

조금만 기준과 달라 보여도 색안경을 끼고 보기 바쁜 현실과는 달리 아침드라마 속 세상에서는 그 어떤 형태의 가족도, 혹은 가족이 아니라고 해도 어느 누구 하나 경계 밖으로 밀어내거나 소외시키지 않는다. 머글들 사이에서 평생 자신이 이상한 존재라고 생각해왔던 해리포터가 호그와트에서 받았던 환대에 비유할 수 있을까? 아침드라마는 아침마다 우리의 인식의 폭을 넓혀주고 편협한 정상가족 이데올로기를 허무는 유연하고 급진적인 매체였던 것이다.

불륜 왕국의 유일한 반역자
: 〈수상한 장모〉

일 반 휴가 반으로 김예영의 제주도 출장에 동행하게 되었다. 일이 끝난 뒤에도 좀 더 머물고 싶었던 우리는 제주도 토평리에 집을 구해놓고 1년의 반을 이곳에서 보내는 오랜 친구 김화용이 선뜻 내어준 빈집으로 숙소를 옮겼다. 꽤 오랜 시간 들르지 못해 집이 엉망일 수도 있다고 했는데, 순 엄살이었나 보다. 서귀포 바다 쪽으로 난 창가에 널어놓은 깨끗한 수건들은 기분 좋게 바짝 말라 있었고, 찬장에는 향이 좋은 차가, 침대 위에는 새 시트와 이불이, 냉장고에는 한라산 소주와 각종 맥주까지 구비되어 있었다. 침대 옆 화장대에는 그의 관심사와 취향을 딱 보여주는 책 몇 권이 꽂혀 있었는데, 달리기와 채식에 관한 책, 문학평론가 오혜진의 책, 그리고 소설 몇 권과 에세이 몇 권이었다. 그 사이에서 이지수 님의 『아무튼, 하루키』가 보였다. 반가운 마음에 나는 책 사진을 찍어 친구에게 메시지를 보냈다.

> 오 나 이거 읽어도 돼?

김화용

> ㅇㅇ 당연

얘기했는지 모르겠는데,
나 아무튼, 아침드라마 쓰기로 했어
ㅋㅋㅋㅋ

김화용

응????

[잠시 침묵]

김화용

그래, 불륜이면 어때

응?!?!

김화용

응?!?!

　　알고 보니 친구는 '아무튼, 아침드라마를 쓰기
로 했다'는 나의 말을, '각설하고, 불륜 연애를 시작
했다'는 근황을 'ㅋㅋㅋㅋ'와 함께 슬쩍 밀어넣어 고

백하는 것으로 받아들였던 것이다. 거짓말을 하는 사람에게 '아주 소설을 쓰세요'라고 말한다든가, 둘만의 낭만에 빠져 있는 커플에게 '그냥 영화를 찍어라'라고 말하는 것처럼 그에게 아침드라마는 불륜의 상징으로 느껴졌나 보다.

그도 그럴 것이, 2017년부터 2018년 11월 사이 방영된 지상파 일일드라마 열네 편 중 '불륜' 소재가 등장하지 않은 드라마는 단 두 편이었다고 한다.* 아마도 제외된 두 편은 시대물로 장르를 특화한 〈TV소설〉일 가능성이 컸기에 일일극의 한 축을 차지하고 있던 아침드라마는 불륜 왕국이라는 혐의에서 벗어나기 어려워 보였다. 머릿속으로 어림짐작을 해보아도 불륜이 등장하지 않는 아침드라마가 잘 떠오르지 않았다. 정말 아침드라마는 불륜 없이는 이야기를 이어나갈 수 없는 것일까?

그때, (내 기억이 맞다면) 불륜이라는 동력 없이도 당당히(?) 폭풍 같은 전개를 이끌어간 놀라운 드라마가 번뜩 떠올랐으니, 바로 SBS 드라마 〈수상한 장모〉였다. 〈수상한 장모〉의 줄거리를 드라마 공식

---

* 「아직도 '막장' 찍는 지상파… 김치·된장 '싸대기' 만족하십니까」, 『중앙일보』, 2018년 11월 24일 자.

홈페이지 말투로 짧게 요약해보자.

부모의 갑작스러운 죽음으로 가슴에 상처를 안고 자란 은석은 사랑하는 연인 제니와 결혼이라는 결실을 이루지만, 결혼생활이 녹록지 않다. 결혼 전부터 제니가 자신보다는 재벌 만수와 결혼하기를 원했던 장모 수진 때문이다. 장모의 마음에 들기 위해 각고의 노력을 하지만 번번이 실패로 돌아가고, 장모에게 모진 폭언을 들으면서 은석은 제니가 그동안 엄마에게 많은 착취와 조종을 당했다는 것을 알게 된다. 이제라도 제니를 장모의 속박으로부터 벗어나게 해주고 싶었던 은석은 장모가 숨기고 있는 수상한 비밀에 다가간다. 그런데 그 비밀이 보통 일이 아니다. 한 걸음 다가가니 제니는 수진의 친딸이 아니었고, 두 걸음 다가가니 만수는 수진이 버린 친아들이었다. 여기서 멈출 것을, 한 걸음 더 다가가니 수진은 자신의 부모님을 죽게 만든 범인이었던 것이다. 다가갈수록 경악스러운 범죄와 비극의 원흉이었던 수진과 그런 수진을 장모라 불러야 하는 은석. 은석은 과연 수진의 백년손님이 될 수 있을까?

우리 가족은 〈수상한 장모〉를 '수장'이라는 애칭으로 줄여 부르며 열심히 챙겨 보았다. 특히 제 어머니 손에 죽을 뻔하면서도 그 어머니를 놓지 못하는 만수를 애틋해하며, 어머니에 대한 비뚤어진 사랑으로 모든 일을 망쳐버렸을 때도 만수를 응원했다. 극의 인물을 흑백으로 나눈다면 만수는 단연코 악역에 속했다. 그런데도 우리 가족이 만수를 애틋해한 이유는 그가 불륜을 저지르지 않아서였을까? 마지막 회에서 모든 등장인물이 한데 모여 핑클의 〈영원한 사랑〉에 맞춰 춤을 출 때 만수가 귀여운 율동과 함께 다시 등장하자 우리는 환호성을 질렀다. 비극의 주최자이자 주인공이 생기발랄한 미소로 막춤을 추는 역대급 소격효과가 주는 타격감이 굉장했다.

　　〈수상한 장모〉는 아침드라마가 소위 불륜이라고 부르는 관계 없이도 높은 역동성을 유지할 수 있다는 방증이 되었다. 그러나 '불륜'이 『상담학 사전』의 정의대로 "결혼한 남녀가 자신의 배우자 이외의 다른 사람과 정서적이고 육체적 관계를 갖는 것"*이 아니라 표준국어대사전의 정의대로 "사람으로서 지켜야 할 도리에서 벗어난 데가 있음"이라면 이 드라마에 불륜이 나오지 않는다고 볼 수만은 없다. 무엇보다도 불륜이 등장하지 않았다고 해서 〈수상한 장모〉

---

*　　김춘경 외, 『상담학 사전』, 학지사, 2016.

가 인물 설정이나 전개 면에서 다른 드라마보다 더 낫다거나 고상하다거나 (특히) 윤리적이라고 말할 수는 없을 것이다. 수상한 장모는 불륜은 하지 않았지만 소매치기였고, 흑장미파의 두목이었고, 은석의 부모를 죽였고, 제니를 유괴해 가스라이팅으로 양육하며 돈벌이의 도구로 삼았고, 자신이 버린 아들 만수의 살인 청부를 하는 등 각종 악행을 일삼았기 때문이다. 그리고 만수는 이 모든 사실을 알면서도 숨기고 모든 등장인물의 삶을 망쳐놓았다. 이쯤 되니 차라리 불륜을 하라고 말하고 싶다. 인공조미료를 넣지 않고도 맛을 내기 위해서는 굉장히 많은 재료를 넣어야 하듯이, 불륜이 빠진 아침드라마에는 이 정도 설정은 넣어야 했던 것일까. 결국 불륜 왕국의 유일한 반역자 〈수상한 장모〉는 아이러니하게도 불륜의 위력(?)을 실감하게 해준 드라마로 기억되었다.

어쨌거나 나는 아무렇지 않게 내 불륜 고백(?)을 받아준 친구가 퍽 고마웠다. 친구 집 테라스에 앉아 서귀포의 노을을 보고 있어서 그랬는지 눈물마저 찔끔 났다. 나에게는 빈집을 선뜻 내어주고 언젠가 내가 불륜을 저지르더라도 '어때'라고 편을 들어줄 친구가 있다는 사실이, 그리고 그 말을 해주기까지 아주 약간의 시차가 있었다는 사실까지도 무척이나 감사하고 든든했다. 물론 그럴 일이 없는 것이 가장 좋겠지만, 화용에게 언젠가 어떤 일이 생기더라도 그가 나에게 그 일을 'ㅋㅋㅋㅋ'와 함께 슬쩍 고백할 수 있기를, 그리고 내가 선뜻 '어때'라며 그의 편을 들어 줄 수 있기를 노을을 보며 바라고 다짐했다.

김치 싸대기와 주스 폭포
: 아침드라마의 결정적 장면들

아침드라마를 본 적 없는 사람이라도 아마 다음 두 장면은 보거나 들은 적이 있을 것이다. 중년의 남자가 마시던 오렌지주스를 유리컵에 다시 줄줄줄 뱉는 장면과, 셔츠에 넥타이까지 차려입은 남자가 사무실에서 어머니뻘로 보이는 여자에게 김치로 싸대기를 맞는 장면.

전자는 2012년 MBC에서 방영한 아침드라마 〈사랑했나 봐〉 120회의 한 장면이고, 후자는 2014년 MBC 아침드라마 〈모두 다 김치〉 60회에 등장한 장면이다. 공교롭게도 두 드라마는 같은 연출가(김홍동, 이계준)와 같은 작가(원영옥)의 작품이다. 그리고 이효춘 배우가 두 드라마 모두에서 여주인공의 엄마로 등장한다!

아침드라마의 위력을 상징적으로 보여주는 두 장면은 무수히 많은 패러디와 밈으로 변형 재해석되었다. 〈모두 다 김치〉에서 김치 싸대기를 맞은 원기준 배우는 예전에 MBC 드라마 〈주몽〉에서 영포왕자 역을 맡아 대소왕자 역의 김승수 배우에게 숱한 따귀를 맞은 적이 있기에 작은 세계관마저 형성되었다. 이 '싸대기 유니버스'는 이후 여러 드라마에서 된장 싸대기(시누이와 싸우는 아내를 말리던 남편이 맞는다), 미역 싸대기(드라마 속에서 아침드라마에 출연하는 배우가 촬영 중에 맞는다), 파스타 싸대기(상대 배우를 배려해 파스타가 식은 후 때리겠다고 주장한 김희선 배우의 미담이 전해 내려온다), 케이크 싸대기(또다시 원기준 배우가 맞는다!) 등으로 확장되다가 2016년 한 미중 합작 웹드라마 〈드라마월드〉에서 패러디되며 세계로 뻗어갔다.

박동빈 배우가 오렌지주스를 줄줄 뱉는 〈사랑했나 봐〉의 일명 주스 폭포 장면은 2021년 12월 4일 나무위키 기준 24개의 광고와 드라마 등에서 패러디되었다. 대표적인 사례는 드라마 〈도깨비〉에서 숙취를 해소하러 식당에 간 김신(공유)과 유덕화(육성재)가 먼저 앉아 있던 저승사자(이동욱)의 테이블에 앉아 TV로 아침드라마를 보는 장면.

"은비, 혜진이 딸이에요."

주르륵.

식당 속 TV에서 패러디가 이루어지자 저승사자와 덕화는 얼이 빠져 "대박!"을 외친다. 산전수전을 다 겪으며 인간사에 통달한 저승사자에게도, 금수저를 물고 태어나 무려 '도깨비'를 보필하는 재벌 3세 덕화에게도, 이 장면은 실로 놀라운 것이었나 보다.

이렇게 아침드라마의 결정적 장면들은 약간의 놀림이 섞인 채 오랜 시간 회자된다. 아마도 그 드라마를 실제로 본 적은 없을 사람들은 극의 장면을 더욱 과장하여 따라 하며 깔깔댄다. 이성적이고 교양 있는 우리 삶에는 절대로 없을 저열하고 신기한 행동이라는 듯한 반응에 어딘가 묘한 기분이 든다. 마치 번데기탕을 먹으며 "세상에나, 아프리카에서는 글쎄 벌레를 튀겨 먹는다는 거 있지?"라고 호들갑 떠는 듯하달까.

그러나 우리가 그 드라마 속 주인공이라면 다음 상황에서 어느 누가 마시려던 주스를 폭포처럼 흘리지 않을 수 있으며, 어떻게 손에 든 김치로라도 상대방을 응징하지 않을 수 있다고 자신할 수 있을까? 〈모두 다 김치〉에서 시뻘건 포기김치로 전 사위의 뺨을 갈겼던 은희의 입장으로 먼저 들어가보자.

은희는 시장에서 떡집을 운영하며 홀로 딸 하은을 키웠다. 공부도 잘하고 친구들 사이에서 인기도 많았던 하은은 은희의 유일한 자랑이었다. 집안 사정을 걱정해 대학도 가지 않았던 하은이 번듯한 변호사 동준과 결혼하고 사랑스러운 손녀 다율을 안겨주었을 때 은희가 느낀 행복이란 이루 말할 수 없는 것이었다. 그런데 사위 동준이 대기업 사위가 되기 위해 하은을 배신한다. 그것도 변호사라는 직업을 이용해 이혼에 조금의 손해도 보지 않고 말이다. 하루아침에 바닥으로 내려앉은 딸의 슬픔에 은희는 가슴이 에이는 듯 아프다. 그러나 역시 내 딸 하은이! 잠시 슬픔의 숨을 고르고는 앞집 남자 태경이 재배하는 배추를 가지고 김치 사업을 시작한다. 은희는 하은이 고맙고, 태경이 고맙고, 배추가 고맙고, 김치가 고맙다. 딸이 다시 일어설 수 있다면 무엇이든 할 수 있을 것만 같다. 그러던 어느 날, 하은이 납품한 김치에서 고무줄이 발견되고 이로 인해 어렵게 입점한 백화점에서 퇴출된다는 날벼락 같은 소식이 들려온다. 고무줄의 범인은 아마도 백화점의 사장이자 동준의 새 부인인 현지일 확률이 높다.

은희는 속에서 천불이 난다. 딸에게서 모든 것을 앗아 간 두 사람이, 가까스로 일어선 딸을 다시 무너뜨리고 있다. 더 이상 가만히 있을 수 없던 은희는 고무줄 누명을 쓴 김치 한 봉지를 들고 동준을 찾아간다. 무책임하고 뻔뻔한 동준은 당신이 뭔데 여기가 어디라고 찾아왔느냐며 이렇게 소리를 지른다. "그 여자가 누구를 닮았나 했더니, 무식한 건 지 엄마하고 딸하고 아주 똑같네, 그냥!"

은희의 이성을 가까스로 지탱하고 있던 축이 무너진다. 나를 모욕하는 것은 얼마든지 참을 수 있지만 내 딸을 욕하다니! 나 때문에 대학에 가지 못한 내 딸을 무식하다고 하다니! 은희는 봉지에서 분연히 김치를 꺼내 포기김치의 밑동을 쥐고 동준의 뺨을 아래에서 위로 갈긴다. 동준의 턱과 뺨, 귀, 흰 셔츠에 잘 절여진 배추의 넓고 찰진 이파리가 가닿는다. 시뻘건 양념이 사방으로 흩날린다. 무엇보다도 이 사달을 동준의 하늘 같은 새 장인어른, 태강그룹의 박재한 회장이 목격한다. 이제 되었다. 김치로 싸대기를 날리는 무식한 할매 취급을 받는다 해도, 사무실에서 질질 끌려 나간다고 해도, 은희는 한 치의 후회도 없다.

다음으로는 〈사랑했나 봐〉에서 마시던 오렌지 주스를 줄줄 뱉을 수밖에 없었던 도준의 상황을 살펴보자.

도준은 마른하늘에 날벼락을 맞았다. 사업에 승승장구하는 줄 알았던 최 사장에게 전 재산을 빌려주었는데, 그가 어느 날 갑자기 죽어버린 것이다. 최 사장의 사업은 겉보기와는 달랐고, 돈을 갚을 유가족이라고는 식물인간이 된 부인과 어린 딸뿐. 피 같은 돈을 어디서 받는단 말인가! 그런데 최 사장의 딸 선정이 범상치 않다. 똑똑하고 야심만만한 선정을 잘 구슬리면 최 사장에게 빌려준 돈뿐 아니라 크게 한몫 챙길 수 있을 것 같다. 도준은 선정의 성공이 곧 자신의 성공이라 생각하고 선정을 돕는다. 그것이 누군가에게 상처가 되는 악행일지라도…. 그런데 언젠가부터 선정이 자꾸만 도를 넘는다. 그리고 아무리 봐도 선정이 기를 쓰고 괴롭히려는 윤진과 재헌이 결코 악인 같지가 않다. 보면 볼수록 맑고 선한 윤진에게 정이 들어, 양심과 물질적 풍요 사이에서 갈등하면서도 하는 수 없이 선정을 돕던 어느 날. 선정이 공장에 불을 지르고, 그걸 윤진에게 뒤집어씌우라고 하더니, 급기야 윤진을 죽이라고 한다. 도준은 이제 한계다.

한편, 노호그룹을 가로채려던 것과 딸 예나의 출생의 비밀이 발각되어 사면초가에 빠진 선정은 재혼한 남편 주현도의 딸 예나를 데리고 도망간다. 같은 날 윤진을 만난 도준은 머쓱한 듯 말을 뱉는다. 어쩐지 속이 타 주스를 마신다.

"지 딸도 아닌 예나를 왜 데려가?"

윤진이 말한다.

"예나, 선정이 딸이에요."

주르륵.

선정이 자신과 재헌의 딸 '예나'와 윤진과 현도의 딸 '장미'를 바꿔치기하고는, 현도와 재혼해 몰래 자기 친딸을 키워 노호그룹을 물려주려 했고, 현도의 딸 장미는 윤진의 집 앞에 버린 것이다. 그간 선정이 행했던 악행들을 애써 눈감아왔지만 이것은 차원이 다르다. 두 아이, 아니 두 가족의 인생을 이렇게까지 기만해왔다니. 그리고 그것에 일조해온 것이 자신이라니….

도준은 눈을 크게 뜨고, 응당 삼키라고 있는 주스를 주르륵 뱉는다. 주스가 마치 받아들일 수 없는 진실인 양 도무지 삼킬 수가 없었기 때문이다. 입술과 턱을 타고 역행하는 주스 줄기를 느끼며 도준은 그동안 살아온 방향도 역행하기로 한다. 이제부터 윤진 옆에서 윤진의 복수를 도울 것이다.

아침드라마의 역사에 남을 이 장면들은 이토록 지난한 서사와 기구한 사연이 응축되어 완성된 결과물이다. 내가 같은 상황에 처했다면 어떤 반응을 보였을까? 높은 확률로 더하면 더했지 덜하지는 않았을 것이다. 한 장면만 보고 모든 상황을 미루어 판단하는 것은 누군가의 삶을 한 줄로 압축하는 것만큼이나 위험한 일이다. 우리 모두의 삶에는 섣불리 판단되고 싶지 않은 장면들이 너무나 많지 않은가. 그런 장면들을 마주할 때 상대에게 맨 먼저 전해야 할 것은 성마른 판단이 아니라 이 말 한 마디가 아닐까.

"그럴 만한 사정이 있겠지."

+

한편, 마치 세상이라는 아침드라마의 충실한 시청자인 양, 지나가버리고 말 사소한 순간을 결정적 장면으로 재탄생시키는 미술가가 있으니 바로 이 책의 표지를 그린 호상근이다. 엄밀히 말하면 그는 사소한 순간을 특별하게 바꾸는 것이 아니라 그 사소한 장면들이 이미 가지고 있는 특별함을 포착하여 화면 위에 붙든다. 누군가에게는 이렇다 할 것도 특별할 것도 없이 반복되는 평범한 일상이지만, 그에 따르면 그 일상은 사실 "수많은 잣대가 교차하는 치열함 속에서 스스로만의 존재감을 뿜어내는"* 것들로 가득하다. 그의 웹사이트 '호상근 재현소'에 업로드된 그림 중에 산타할아버지처럼 수염이 많이 난 사람이 하늘색 덴탈마스크를 쓴 장면을 그린 것이 있다. 수염이 없거나 짧은 사람이라면 마스크 아랫 부분을 턱에 걸치겠지만, 이 사람의 턱을 만나기에 일반 마스크는 역부족이다. 풍성한 수염 위로 어정쩡하게 걸쳐진 마

*   hosangun.tumblr.com

스크가 조글조글 기어올라간 장면이 귀엽고 재밌다가도, 이제는 필수품이 되어버린 마스크 또한 누군가는 배제된 디자인이라는 데에 생각이 미치기도 한다.

이 그림에서 가장 인상적인 부분은 수염 속으로 집어넣은 손가락이다. 수염에 가려서 보이지 않을 뿐인데 얼핏 날카로운 무언가에 잘린 듯한 몽당손으로 보이는 손가락은 우스꽝스러운 한편 기괴함을 풍기며 몇 번이고 그림을 다시 들여다보게 만든다. 얼굴과 배경은 과감하게 크롭 처리하고 마스크와 수염과 그 수염을 만지는 손가락을 클로즈업해 담은 장면은 화면의 바깥과 장면의 앞뒤에 연결되어 있을 길고 촘촘한 서사를 상상하게 한다.

물론 호상근 작가가 이러한 장면을 발견하고 그리는 데 특히 탁월한 재능과 애정을 가지고 있기는 하지만, 이는 사실 우리도 할 수 있고 이미 하고 있는 것이다. 그래서 작가는 '호상근 재현소'를 열고, 그곳을 찾아온 사람들이 발견한 풍경을 전해 들은 뒤 이를 꼼꼼하고 다정하게 재현해주기도 한다. '호상근 재현소'에서 완성된 다수의 일상들을 하나하나 살펴보면 세상에는 입이 떡 벌어지는 소식 앞에서 속절없이 오렌지주스를 뱉는 아저씨보다 놀랍고, 김치를 들고 풀스윙을 날리는 아주머니보다 역동적인 사람들이 더 많다는 것을 알게 된다. 그의 작업 안에는 평범한 사람들이 지루하고 소소한 일과를 부단히 반복하며 부지불식간에 만들어내고 있는 특별함이 깃들어 있다. 누구나 겪는 삶의 사소함 속에서 어느 아침드라마 못지 않은 대단함을 발견하게 되는 것이다.

아침드라마의 1부 리그 진출
: 〈겨울새〉

취미로 수영을 아주 열심히 하던 시절이 있었다. 격일로 강습과 자유 수영을 가고, 수영모를 백 개쯤 구입하고, 수영 유튜브를 구독하고, '#수영박물관'이라는 해시태그를 쓰는 계정도 운영했다. 어릴 때 수영을 배운 덕분에 바로 중급반에 들어간 나는 회원님들의 찬사를 받으며 빠르게 1번 자리를 차지했다. 강습반의 세계에서 '1번'은 단순히 가장 빠른 사람이 아니라, 다른 회원님들을 위해 페이스 조절을 하고 강사님의 지시를 빠르게 알아듣고 솔선수범을 하는 자리다. 나는 막중한 책임감으로 1번 역할을 수행했고, 회원님들의 칭찬을 받으며 점점 더 으쓱해졌다. 백 개의 수영모도 어쩌면 회원님들의 칭찬을 받기 위해 샀던 것인지도 모른다.

그러던 어느 날 꿈에도 없던 일이 일어났다. 강사님이 나를 또렷이 지목하며 회원님은 이제 연수반으로 가시라고 말씀하신 것이다! 나는 손사래를 치며 거부했다. 당시 내게 중급반이 훠궈 백탕이라면 연수반은 마라홍탕이었고, 중급반이 하이볼이라면 연수반은 니트로 마시는 위스키였으며, 중급반이 바닐라라테라면 연수반은 에스프레소더블이었기 때문이다. 중급반 오른쪽 레인에서 진행되는 연수반 강습을 볼 때면 초등학교 2학년이 6학년 형님들을 보는 기분이

들곤 했다. 그러나 회원님들의 칭찬을 먹고 자란 나는 그들의 선량한 박수와 환호 세례, 그럴 줄 알았다는 축하 인사에 설득되어 못 이기듯 승급할 수밖에 없었다.

다음 날, 떨리는 마음으로 연수반 레인에 몸을 담갔다. 전원 남자로 구성되어 있었던 당시의 연수반에는 나보다 머리 하나는 큰 젊은 회원님 두 분과, 관록이 대단해 보이는 어르신 세 분, 그리고 학생으로 보이는 한 분이 있었다. 나는 조용히 일곱 번째 자리에 가서 섰고, 강사님은 차임벨이 울리자마자 우렁찬 목소리로 외쳤다.

"자유형 여덟 바퀴 돌고 접배평자 합니다!"

일곱 번째 자리에서 나는 열심히 앞사람의 발을 따라갔다. 처음에는 그런대로 거리를 유지하며 7번 자리를 잘 수행하는 것 같았으나, 서너 바퀴가 지나자 아무리 이를 악물어도 6번 학생은 점점 멀어질 뿐이었다. 그러다가 실로 충격적인 일이 일어났다. 1번 회원님이 한 바퀴를 앞서 돌아와 손으로 내 발을 친 것이다. 뒷사람의 글라이딩이 수면이 아닌 앞사람 발바닥과 만난다는 것은 대단히 민망하고 굴욕적인 일이다. 하물며 한 바퀴를 앞서 와서 발을 치는 것은 좀처럼 일어나지 않는 일인데, 그것이 연수반 첫날 나에게 일어난 것이다….

　　나는 짐짓 매너 있는 제스처로 레인에 바짝 붙어 1번 회원님이 먼저 가실 수 있도록 길을 터드렸다. 잠시 숨을 고른 뒤 다시 물살을 갈랐으나, 정작 갈라진 것은 내 자존심이었다. 나는 페이스를 잃고 허우적대며 소의 꼬리가 되느니 닭의 머리가 되라는 격언을 떠올렸다. 발수력과 부력이 좋다는, 해외 직구로 산 수영복이 부끄럽게 느껴졌다. 이런 상태가 꽤 오래 지속되었고, 어떤 그룹에서 내가 무언가를 가장 못한다는 사실에 적잖이 상처를 입었다. 아침드라마 이야기를 해야 하는데 수영 얘기만 늘어놓은 것 같아 급 마무리를 하자면, 1년 후 나는 연수반 2번이 되었다. 드라마와 같은 반전으로 다섯 명을 다 제친 건 아니고, 2번 회원님과 6번 학생은 중간에 그만두셨다. 나는 자신감과 즐거움을 서서히 되찾았고, 1번 회원님의 권유로 아마추어 수영대회에 나가서 메달도 따게 되었다. 졸업 이후 좀처럼 가질 수 없었던 뚜렷한 성취의 경험이 나를 조금은 더 단단하게 만들어주었다고 생각한다(하지만 수영장에 다니던 3년의 시간 동안 가장 행복했던 때는 단연코 중급반 시절이었던 것 같다).

아침드라마에도 나처럼 '필드에서 두각을 나타내어(에헴!)' 드라마계의 1부 리그인 주말 저녁 프라임타임으로 진출한 사례가 있으니, 바로 MBC에서 2007년 방영한 드라마 〈겨울새〉이다. 전설의 드라마 작가 김수현이 1986년에 발표한 소설 『겨울새』를 원작으로 1992년 SBS에서 방영한 아침드라마를 리메이크한 것이다. 1992년 방영 당시 엄청난 인기를 모았다는 아침드라마 〈겨울새〉의 내용을 간략히 요약하면 다음과 같다.

불의의 사고로 부모님을 잃은 영은은 아버지 친구 집으로 입양되어 그 집 아들 도현과 서로 좋아하는 사이가 되지만, 그것은 키워주신 댁에 대한 도리가 아니라고 생각하여 양부모님이 정해준 남자 경우와 결혼을 한다. 알고 보니 경우는 엄청난 마마보이이고, 시어머니는 아들과 돈에 대한 집착이 대단하며, 둘은 영화 〈세비지 그레이스〉를 연상시키는, 모자 관계 이상의 지나친 유대감으로 얽혀 있다. 충격을 받은 영은은 집을 나오고, 용기를 내 도현과 새 출발을 해보려 한다. 그러나 둘이 새 관계를 시작하자마자 도현 어머니가 교통사고를 당하고, 충격으로 도현의 동생이 유산을 한다. 어릴 때부터 자격지심 속에 살던 영은은 이 모든 것이 자기 때문이라는 자책으로 추운 겨울 홀로 자취를 감춘다.

방영 당시 최고 시청률 44.7퍼센트를 기록한 1992년 〈겨울새〉는 SBS가 개국한 이후 처음으로 시청률 40퍼센트대를 넘은 드라마라고 한다. 아쉽게도 SBS 홈페이지에는 현재 〈겨울새〉의 기록이 남아 있지 않다. 현재 1993년에 방영한 〈공룡선생〉은 전 회 VOD로 볼 수 있는 것으로 보아, 〈겨울새〉는 아날로그에서 디지털 방식으로 방송 환경이 변화하는 시기의 아슬아슬한 경계에서 보관 혹은 디지털 처리 누락이 된 것 같다. 어쨌거나 나도 그 대단했던 오리지널 〈겨울새〉를 TV로 보았던 기억이 난다. 당시의 나로서는 시어머니와 경우의 범상치 않은 관계는 눈치채지 못했지만, 어린 내 눈에 공주님처럼 예뻤던 영은과 너무너무 무섭게 등장했던 시어머니의 모습이 진한 잔상으로 남아 있다. 이후 무시무시한 시어머니가 나오는 영화 〈올가미〉가 개봉했을 때도 친구들 사이에서 '뭐야, 〈겨울새〉야?'라는 말이 통했고, 당시 시어머니 역을 맡았던 반효정 배우는 어디에 어떤 역으로 등장해도 등골이 서늘해지는 등 여파가 꽤나 컸던 것으로 기억한다.

그런 전설의 아침드라마 〈겨울새〉가 2007년 MBC 주말극으로 돌아왔다. SBS 드라마가 MBC에서 리메이크되는 초유의 상황은 원작 소설이 따로 있었기 때문에 가능했을 것이다. 하지만 나에게는 아침 드라마가 저녁 프라임타임 주말극으로 리메이크된다는 것이 더 특별한 일로 보였다. 내용까지 또렷하게 기억나지는 않지만 무척 재미있게 봤다는 기분만큼은 남아 있는 어렴풋함으로 나는 이 드라마를 반겼다. 더욱이 '2007 〈겨울새〉'는 원작자 김수현이 감수를 맡아 많은 기대를 모았다. 그러나 이처럼 많은 환영을 받으며 1부 리그에 진출한 '2007 〈겨울새〉'는 결론부터 말하자면 10퍼센트를 밑도는 당시로서는 매우 저조한 시청률을 보였다. 우유부단한 여자와 못된 시어머니 설정은 시대착오적이었고, 조연을 맡은 배우 황정음과 이태곤은 연기력 논란에 휩싸였다. 결국 이 드라마는 계획했던 50회를 채우지 못하고 황급한 해피 엔딩으로 선회하여 43회로 조기 종영되었다.

　　호기롭게 시작했으나 졸지에 외딴섬이 된 '2007 〈겨울새〉'의 마음은 중급반에서 연수반으로 올라간 내 마음 같지 않았을까? 동시간대의 경쟁자들은 더없이 강력했으며, 사람들의 평가는 냉정했고, 두 개의 원본과 계속해서 비교되었다. 심지어 2007 년에는 유독 수작 드라마가 많이 등장했던 터라, 비슷한 시기 방영했던, 연수반 1번 주자 격의 드라마 〈커피프린스 1호점〉, 〈이산〉, 〈고맙습니다〉, 〈쩐의 전쟁〉 등의 손에 찰싹찰싹 발바닥을 치인 셈이다. 애석하게도 〈겨울새〉 이후 아침드라마가 저녁 시간에 리메이크되는 일은 다시는 일어나지 않았다.

그러나 나는 2007 〈겨울새〉를 실패한 드라마라고 말하고 싶지 않다. 아무리 발차기를 해도 앞사람이 멀어져만 가던 연수반 7번 주자의 마음이 자꾸만 떠오르기 때문이다. 가장 뒷자리에서나마 나름의 분투를 펼치는 모습을 그 누가 실패라고 단정지을 수 있을까? 그리고 객관적으로도 〈겨울새〉의 연수반 진출을 마냥 실패라고만 볼 수는 없다. 지금까지도 회자되는 윤상현 배우의 경악스러운(칭찬이다!) 마마보이 연기는 늦깎이로 데뷔한 그를 주목하게 했고, 그 덕분에 우리는 〈겨울새〉의 진력나는 마마보이 '경우' 말고도 상대방의 상황과 감정을 존중할 줄 아는 유쾌한 직진남 '태준'(〈내조의 여왕〉)과 인간의 선한 본성을 믿는 국선변호사 '관우'(〈너의 목소리가 들려〉), 자신의 사랑에 확신과 책임을 갖고 사는 로맨티

시스트 '오스카'(〈시크릿 가든〉)를 가슴에 새길 수 있었다. 〈겨울새〉에서 다소 미흡한 연기를 보여준 황정음 배우는 조기 하차의 수모까지 겪었으나, 후일 인터뷰에서 "이 충격이 내게 '연기를 어떻게 해야 하는 걸까'를 생각하게 했다"고 밝혔다.* 덕분에 우리는 어떤 순간에도 사랑스러움을 잃지 않고 안정적인 연기를 선보이는 믿고 보는 배우 한 명을 갖게 되었다.

한편 유튜브에서 MBC 레전드 드라마를 보여주는 채널 '옛드'의 〈겨울새〉 코너는 평균 1만 회 이상의 조회 수를 가지고 있으며, 마지막 회에는 영어 자막을 구해달라는 외국인 시청자의 댓글까지 달려 있다. 또한 지나간 명작 드라마 전 회를 20여 분으로 요약해주던 TV 프로그램(현재는 유튜브 채널) 〈해피 타임 명작극장〉의 〈겨울새〉 편 조회수는 무려 105만 회. 드라마는 다소 쓸쓸히 종영했지만 〈겨울새〉를 잊지 못하거나 뒤늦게 〈겨울새〉를 보러 온 사람들이 그토록 많았던 것이다. 아이디 '못된펭귄' 님이 남긴 해맑은 댓글 "저 마마보이 진짜 웃겨 시어머니도 웃김"

* 「황정음, 어떻게 '대체불가' 여배우가 되었나」, 『MBN 뉴스』, 2015년 9월 22일 자.

을 통해 이 드라마가 주는 즐거움이 현재까지도 이어
지고 있다는 것을 알 수 있었다. 이 생명력은 지금 상
황에서라면 웬만해선 한 드라마에 나오기 힘든 박선
영, 이태곤, 황정음, 윤상현, 박원숙, 장신영이 마음
을 모아 연기했던 〈겨울새〉가 연수반에서 이룬 분투
의 성취다. 이 글을 쓰려다가 나도 '옛드'에서 다시
한 번 정주행을 해버렸으니 말이다.

그때는맞고지금은틀리다
: 〈불새 2020〉

2020년 가을, 마스크를 써야 했던 첫 여름을 힘겹게 보내고 그나마 살 만하게 바람이 불어오던 무렵, 아침드라마 〈엄마가 바람났다〉도 상쾌한 마무리를 향해 달리고 있었다. 베일에 가려 있던 LX그룹의 대주주 리차드 김이 주주총회에 나타나 석환과 석환 모의 악행을 모두 고발하겠다고 선언하면서 격정적인 음악과 함께 한 회가 마무리된 어느 날, 우리는 놀라운 후속작 예고를 보게 되었다. 전설의 드라마 〈불새〉가 16년 만에 〈불새 2020〉이라는 이름의 아침드라마로 리메이크된다는 소식이었다. 나와 비슷한 세대라면 〈불새〉를 본 적이 없더라도 그 드라마의 존재는 알고 있을 것이다. 〈불새〉는 무려 이은주, 이서진, 문정혁, 정혜영 배우를 한 장면에서 볼 수 있고, 고인이 된 이은주 배우의 가장 빛나던 시간을 담고 있으며, 드라마만큼이나 유명한 이승철의 〈인연〉이 OST로 흘러나오고, 주인공 이서진 배우를 따라 '다모폐인'들이 '불새리안'으로 재집결했다는 신문기사가 날 만큼 추종자들의 열정이 대단했던 드라마였다. 그런 〈불새〉의 2020년 버전이 아침드라마로 리메이크된다니, 정말 뜻밖의 반가운 소식이었다.

내가 아침드라마를 비롯한 파격 설정의 드라마를 즐겨 본다는 사실은 내 친구라면 대부분 알고 있지만, 자신도 아침드라마를 즐겨 본다는 사람은 만나본 적이 없기에 드라마의 내용에 대해 가족 외의 누군가와 대화를 주고받은 경험은 극히 적다(간혹 '아침드라마를 왜 보는지'에 대해 이야기한 적은 있지만). 그러나 이번에는 달랐다. 〈불새 2020〉은 그룹 신화의 열렬한 팬이었던 친구 예희정과도 사돈의 팔촌만큼 접점이 있었고, 심지어 친구 박가희는 이 드라마를 보겠다고까지 나섰다(정말로 봤는지는 어쩐지 확인하고 싶지 않았다). 아직 드라마는 시작도 하지 않았지만, 나는 〈불새 2020〉이 가져다줄 이런 부수적인 기쁨 또한 은근히 기대하게 되었다.

공전의 인기를 누린 원작의 영향 때문일까, 〈불새 2020〉의 방영 소식은 아침드라마로서는 이례적으로 대중과 언론으로부터 많은 관심을 모았다. 연예 뉴스에서도 소식을 종종 볼 수 있었고, 주인공 홍수아 배우는 예능 프로그램에 출연해 드라마를 홍보하기도 했다.

그러나 큰 기대와 함께 시작한 드라마의 성과는 그리 좋지 못했다. 시청률은 부진했고, 언론의 평가도 차가웠다. 첫 번째 비판은 이 드라마가 원작에 비해 배우들의 연기력이 형편없다는 내용이었다. 언론에서는 계속해서 배우들의 연기력을 '원조'와 비교

했고, 원작의 명대사를 패러디해 비꼬는 제목의 기사까지 등장했다.* 매서운 혹평을 줄줄이 접하다 보니, 나라도 〈불새 2020〉을 응원하고 싶은 마음이 들었다. 누군가와 계속 비교당하는 처지에 몰입해버린 것이다. 나는 정말 유능한 사람의 후임자로 일해본 적이 있다. 누구도 그 일을 그 사람처럼 잘할 수는 없을 것 같았고, 모두를 비롯하여 심지어 바로 그 사람조차 그렇게 생각하는 것 같았다. 긴 인수인계 끝에 첫 출근을 하던 날, 여러 의미로 벅찼던 마음을 잊지 못한다. 〈불새 2020〉의 배우와 제작진들도 그런 마음이었을 것만 같았다. 이은주 고유의 아름다움, 이서진과 문정혁의 젊음, 선함의 상징인 정혜영이 능란하게 연기했던 악함이 한 드라마에서 다시 조합되기란 불가능하다. 이런 상황에서 〈불새 2020〉의 배우들이 아무런 부담 없이 오롯하게 연기를 펼치기는 처음부터 불가능하지 않았을까 하는 변호를 해본다.

두 번째 비판은 드라마에 회상 신이 너무 많고, 스토리가 갈수록 산으로 간다는 것이었다.** 26부작

---

*   「"타는 냄새 안 나요?" '불새 2020'이 망해서 타는 냄새」, 『일간스포츠』, 2020년 11월 23일 자.

** 「시청자 원성 '불새 2020' 지금 본방 보는 건지, 재방 보는 건지」, 『뉴스엔』, 2021년 3월 22일 자.

의 미니시리즈를 120부작의 아침드라마로 리메이크
할 때는 러닝타임 차이를 감안하더라도 이야기를 최
소한 두 배 이상으로 늘려야 하는 어려움을 처음부터
가지고 있었을 것이다. 그러나 〈불새 2020〉은 아직
중반부에 접어들기도 전에 〈불새〉의 막바지 서사를
따라가는 바람에, 뒤로 갈수록 과도한 회상 신을 사
용했다. 아침드라마의 속도대로라면 주인공 이지은
은 장세훈의 집에서 하우스헬퍼를 하더라도 적어도
예닐곱 번은 아슬아슬 엇갈리다가 나중에 나중에 들
켜야 했으며, 재방송을 방불케 하는 회상 신이 아니
라 조연들의 우스꽝스러운 스토리로 한 회차의 절반
을 채우면서 나아갔어야만 했지만 그러지 않았고, 결
국 속도 조절에 실패했다. 과도한 회상으로도 역부족
이었는지, 스토리는 점점 산으로 가기 시작했다. 중
반 이후, 원작에서 너무 멀리 간 〈불새 2020〉은 마치
컬링 선수의 손을 떠난 스톤처럼 예측하기 어려운 방
향으로 흘러가기 시작한 것이다. 〈불새〉에 이어 〈불
새 2020〉까지 집필한 이유진 작가는 스톤의 앞길을
필사적으로 닦으며 길을 냈지만, 시청자들이 보기에
는 영 엉뚱한 쪽으로 멀어질 뿐이었다.

　　이에 대해서도 변호를 해보자면, 나는 사실 원
작에 충실한 〈불새 2020〉의 앞부분보다 새로이 개

척한 뒷부분을 더 재미있게 보았다. 〈불새 2020〉이 〈불새〉를 충실하게 재현하는 리메이크가 아니라 서정민 관점의 스핀오프 또는 리부트 사이 어딘가에 위치하는 서사라고 생각한다면, 이야기는 훨씬 흥미로워진다. 〈불새〉의 세계에서 아버지가 저지른 죄 때문에 사랑하는 사람 앞에서 스스로 사라질 수밖에 없었던 서정민은 〈불새 2020〉 세계에서 속죄와 사랑을 모두 쟁취한다. 가세가 기운 뒤 줄곧 나약하고 불행하기만 했던 이지은도 새로운 세계에서는 강인한 정신력과 기지를 발휘해 계속 들이닥치는 위기를 모면하고, 이로 인해 가면성 우울증을 얻기도 하지만 이 또한 극복해나간다. 맞벌이로 지내다가 쌍둥이를 가진 서정민과 이지은 부부는 남성육아휴직이라는 새 시대의 화두를 던지며 드라마를 마무리한다. 또한 2020년의 세계에서 완전히 새로 창조된 서은주의 인생은 어찌나 기구하고 입체적인지 그녀의 과거만으로 프리퀄이 만들어지기를 기대하게 만든다. 원작에 꼭 들어맞는가 아닌가라는 잣대를 걷어내고 보면 〈불새 2020〉만이 주는 새로운 재미가 드러나는 것이다.

원작과 비교당하는 대목에서는 억울한 점이 있어서 열심히 변호를 해보았지만 사실 나도 〈불새 2020〉을 여느 아침드라마처럼 마냥 즐겨 보지는 못했다. 마치 2004년에 헤어진 애인이 2020년의 내 눈앞에 나타난 것 같았달까? 만난 순간에는 철렁하면서도 애틋하겠지만 이내 속으로는 서로의 현재에 크게 감사하며 이렇게 되어서 천만다행이라고 생각할, 그럼에도 불구하고 딱 한 번은 다시 보고 싶기는 한 그런 애인 말이다. 〈불새 2020〉의 비극은 한 회차로 족할 조우를 120회에 걸쳐 이어간 데서 비롯되었다고 생각한다. '구시대적 설정과 대사'라는 세 번째 비판*에 크게 설득되는 이유이기도 하다. "어디서 타는 냄새 안 나요? 내 맘이 불타고 있잖아요"라는 대사는 원작을 추억하는 시청자들을 위해 다시 썼다고 넘기더라도, "키스는 남자가 먼저 하는 거야"라는 낡은 대사까지 굳이 다시 사용해야 했을까.

　　문득 2004년의 나와 2020년의 나는 얼마큼 같고 얼마큼 다른 사람인지 궁금해졌다. 2004년의 파편적인 기억들을 떠올리다가 오래전 사용하던 이메일 박스를 열어본 나는 눈과 정신에 커다란 공격을 받았다. 아무리 촌스러운 옷을 입고 있더라도, 보기 싫은 사람과 함께 있더라도 기억이 깃들어 있는 사진들

---

* 「16년 만에 리메이크된 '불새 2020' 어땠나」, 『뉴스원』, 2020년 10월 31일 자.

은 소중했다. 그보다는 외모 칭찬이 미덕이고 자기 비하가 겸양이었던 그 시절 나의 말투와 당시 스크랩해두었던 손발이 오그라드는 글들이 문제였다. 2004년의 나는 거기 두고 오기를 참 잘한, 2004년에 헤어진 애인 같았다. 그렇지만 또 어찌 보면 그 시절의 나와 지금의 나는 조금도 달라진 게 없는 것 같기도 했다. 모든 것이 달라진 것 같기도 하고, 조금도 달라지지 않은 것 같기도 한 16년의 시차 속에서* 그때는 분명 맞았는데 지금은 틀린 것들이 보였다. 지금 맞다고 생각하는 것들도 분명 나중에는 경악할 실수로 느

---

* 〈불새〉가 방영되던 2004년 봄, 질병 사스 바이러스가 중국에서 재유행함에 따라 중국 관광객의 입국이 제한되었으며, 노무현 대통령은 한 달 이상 직무 정지 상태였고, 이라크에서 납치된 김선일 씨가 안타까운 죽음을 맞았다. KTX가 개통되어 모두 새로운 시대의 속도감에 적응하는 사이, KTX 여승무원들은 열악한 근무 환경과 비정규직 고용 문제에 시달리고 있었다. 〈불새 2020〉이 방영되던 2020년 10월부터 이듬해 봄까지는 사스 대신 코로나19가 기승을 부렸고, 이명박 전 대통령에게 징역 17년이 선고되었으며, 이란 혁명수비대에게 나포당했던 유조선 '한국 케미호'의 선원들이 전원 석방되었다. 2005년부터 긴 투쟁을 이어온 KTX 해고 승무원들은 2020년 대부분 복직되었으나 처음부터 목표했던 승무원 역할로 돌아가지는 못했다고 한다.

껴질 수도 있을 것이다. 그렇다면 그때나 지금이나
아무 말도 하지 않고 가만히 있는 것이 차라리 옳을
까? 그것은 또 그것대로 후회가 되지 않을까. "어디
서 타는 냄새 안 나요? 내 맘이 불타고 있잖아요"라
는 문정혁 배우의 대사에 진심으로 설레었던 과거의
내가 시간을 바꾸어 〈불새 2020〉을 먼저 보았다면
어땠을까? 어차피 일어날 수 없는 일이니 좀 더 관대
하게 생각하자면, 그때도 역시 열 일 제쳐두고 불새
리안이 되었을지도 모른다.

이상란 여사의 주요 일과
: 아침드라마 요약

현재 우리 집 가족 구성원은 나를 기준으로 엄마 이상란 여사와 여동생 남지우 그리고 나, 이렇게 셋이다. 우리 셋은 예전부터 함께 아침드라마를 보며 하루를 시작했다. 잠을 번쩍 깨우는 전개, 밥을 먹거나 화장을 하면서 대충 봐도 이해되는 전달력, 하루의 어려움에 앞서 미리 펼쳐지는 극적인 상황들은 매일 아침의 즐거움이었다. 우리는 집 밖으로 나가기 전 아침드라마가 펼쳐놓는 심각한 상황에 미리 노출되는 것은 예방주사를 맞거나 모래주머니를 차고 달리기 연습을 하는 것과 같다며 웃었다. 세라젬 의료기를 장만한 뒤로는 TV 볼륨을 높이고 거실에 누워 소리만 듣기도 한다. 아침드라마는 분주한 아침 시간에 화면에 집중하지 않고도 딴 일을 하면서 즐길 수 있도록 설명적인 대사로 이루어진 경우가 많기 때문이다.

그런데 몇 년 전 동생이 회사 내 부서를 옮기면서 우리의 생활 패턴이 약간 바뀌었다. 나는 여전히 비교적 늦은 출근을 하는 직장인이었지만 동생의 출근 시간은 아침드라마를 보기에는 너무 일렀다. 그때 우리는 처음 알게 되었다. 오늘의 아침드라마가 시작하기 한 시간 전 어제 방송분을 재방송해준다는 사실을…. 그때부터 매일 아침 시간에 동생은 어제를, 엄마와 나는 오늘을 살았다. 아침드라마의 타임라인에 하루의 시차가 생긴 것이다. 모든 드라마가 그렇겠지만 특히나 아침드라마는 매 회가 다음 화에 대한 기대감을 한껏 고조시킨 상태로 종료된다. 동생이 외로운 재방송 아드 타임을 끝내고 출근할 무렵 엄마와 나는 부스스 일어나 우리가 이미 본 장면에 흥분하는 동생을 측은하게 바라보고, 동생은 내일에서 온 우리에게 오늘이 어떻게 펼쳐지는지 알려달라며 신신당부를 하고 나가곤 했다. 엄마는 갓 갱신된 놀라운 스토리를 요약해서 동생에게 보내주는 작업을 매우 성실하게 수행했고, 가끔은 이 역할을 내가 맡기도 했다. 별것 아닌 일이지만 같은 스토리를 공유하며 함께 낄낄대고 뭐 대단한 요약이라고 서로 칭찬하고 고마워하는 시간은 꽤나 소중한 일과였다.

이상란 여사는 중학교에서 지리 교사를 하다가 결혼을 하면서 그만두셨다고 한다. 그리고 한참 뒤 우리가 초등학교에 다닐 무렵 다시 가르치는 일을 시작하셨다. 오래도록 공부하고 가르치는 일에 몸담은 덕분이기도 하겠지만 일흔을 바라보는 지금까지도 남다른 기억력과 일목요연한 언변을 유지하는 비결 중 하나는 아침마다 우리에게 드라마를 요약해 보내주셨기 때문이 아닐까.

가족 채팅방에서 기억나는 키워드 몇 개로 찾

은 이상란 여사의 아침드라마 요약본 몇 개를 공유한다. 참고로 대화에 등장하는 '남동생'은 내 동생 남지우다. 성(性)은 여이나 성(姓)이 남이라 내 전화기에 '남동생'으로 저장되어 있다.

──────── 2018년 11월 8일 목요일 오전 9:10* ────────

엄마

> 경신은 감옥 가고
> 태웅은 작은엄마가 잘해줘도 엄마를 찾고~
> 혜림과 진국은 결혼하기로 결정
> 경신은 감방에서 이런저런 이유로 들어온 사람들 중 하청업체 부도로 남편 죽고 사기죄로 들어온 사람, 100만 원이 없어 들어온 사람 등등의 이야기를 들으며 자신의 과거를 후회하며 가족들, 태웅과 행복했던 때를 생각하며 눈물을~
> 지영은 아들 순산, 이름은 정후~
> 몇 년 후 태웅은 초딩되고
> 지영은 또 임신
> 예고: 일찍 석방된 경신은 용서를 빌고 싶다며 가족들을 찾아옴

---

*   SBS 〈나도 엄마야〉 방영 당시.

헐 진짜 이번 주 끝나겠다아

엄마

그럴 듯~~~
경신을 용서하며 받아줄 듯
태웅이는 엄마를 계속 그리워하고
제니는 잘돼서 차기 드라마 주연
드라마 찍으러 바닷가에 갔다가 해물탕집에서 일하는 경신을 봄
남자들에게 희롱당하는 경신을 보며 제니가 나서고 급기야 경신이 술병을 깨서 위기를 모면
둘이 바닷가에서 과거 이야기를 하며 조금은 서로를 이해하게 되고 잠을 설친 제니는 경신을 찾아와 촬영이 끝나 서울로 간다며 밥 해주고 빨래해줄 사람이 필요하다고 자기 집에서 도우미 해달라고 기자들도 둘의 관계를 아니까 경신이 여기서 일하면 쪽팔릴 거라고 말한다
경신은 제니의 속마음을 이해하는 듯
끝~ 예고는 없음

남동생

ㅋㅋㅋㅋㅋㅋㅋㅋㅋ

엄마

> 오늘은 별일이 없구 제니 집으로 온 경신 제니를 챙기는데 제니는 툴툴대지만 속으론 좋아하고 현준은 선을 많이 보지만 결혼에 별뜻이 없구 태웅은 계속 엄마앓이
> 제니 집에 반찬 주러 온 지영과 태웅… 방에 숨어 눈물로 대화를 듣는 경신

> 현준은 그 여자 사장이랑은 잘 안 되나

남동생

> 장 대표!

엄마

> 이제야 만났고
> 지영과 상혁이 밀고 있으나 현준은 글쎄 후배 이상으로 생각이 안 미치는 듯
> 아무래도 경신을 못 잊는 게 아닐까?
> 아님 결혼 진절머리가

둘이 잘되는 건 좀 아닌 거 같지만

뭐 내 알 바 아니지

엄마

태웅이 공항으로 간 걸 알게 된 식구들과 경신, 제니는 공항으로
태웅이는 공항 경비에게서 도망을 가다 넘어지고, 자기에게 달려온 엄마와 제니를 보고 미국에 안 간 걸 알게 된다. 아빠가 태웅이를 안고 뒤따라오는 경신에게 가라고 하며 앰뷸런스를 탐. 병원 도착하니 타박상과 약한 견골 골절(살짝 넘어졌구먼)
병실 앞에 기다리는 경신과 제니에게 하비하미는 어서 가고 연락도 하지 말라며 제니한테도 뭐라 한다
장 대표가 병실에 오자 태웅은 아줌마 땜에 엄마 못 만나게 한다며 아줌마 싫다고
장 대표 냉랭한 모습에 현준은 갈등하고 태웅은 옛날 할머니가 엄마 나가라고 소리 치던 걸 생각해내고 지영에게 엄마 만나게 해달라고

장 대표랑은 안 되겠구만 ㅋㅋ

엄마

진상이 계속 모르는 번호로 전화가 와서 걸
어보니 신혼여행 온 호텔에서 주리가 전화를
했던 것인데, 인성이 받아서 진상이냐고 하
자 눈치채고 잘못 걸었다며 끊고 속으로 제
발 잘 살라고 빎
유란은 좋은 모습으로 광주를 만나 피자를
먹고 광주는 엄마 이제 아프지 말라며
광주를 데리러 온 대구는 유란에게 허락 없
이 광주 만난 것에 대해 화를 내고 유란은 염
치없지만 한 번만 자기 받아달라고 한 번만
광주 엄마로 살게 해달라고
대구는 한두 달에 한 번 광주가 원하면 만나
라고 당신이 잘못한 것이니 당신이 원하는
대로 하는 게 아니고 상대방 원하는 대로 하
는 거라고 단호하게 나오자 무릎 꿇고 당신
이 나 버리면 나 죽는다고~
한편 진상이는 이혼 허락해달라고 하니까 아
버지가 나 죽거든 하라고~
앞으로 20년은 더 사실 것 같은데 어떻게 기
다리냐고

* SBS〈맛 좀 보실래요〉방영 당시.

아오…
진상이 예전에 해진이한테 선 보러 가지 말라고,
그러면 죽을 거라고 하면서
트럭에 뛰어들었는데 이번에는
해진이한테 이혼 안 해주면
죽을 거라고 뛰어듦ㅠㅠ

엄마

맞아

그러고는 끝났는데

남동생

어제 그러고 끝남 ㅋㅋㅋㅋ

그랬는데 차에 안 치고 그냥 놀라서 기절했어

엄마

> 정원이 지분 넘기라고 하자 주리 맘은 조건이 있다고~
> 준후랑 이혼하지 않는다는 조건으로~
> 해진 회의 가는데 대구도 따라가서
> 직원들 앞에서 진상과 대구의 괜한 뽐내기 대결에 팀장이 팔씨름 내기 결판을 제의!(둘 다 꼴 보기 싫음)
> 모두 술 마시는 동안 팔씨름은 진행 중
> 팀장은 대구 팔을 눌러주는데 진상 좋아하는 여직원이 진상 팔을 눌러 진상이 이기게 했지만 승부는 무효 둘 다 팔을 못 쓰게 됨

남동생

> ㅋㅋㅋㅋㅋㅋㅋㅋㅋ

엄마

> 진봉은 계속 책상에 앉아 있지만 저번도 이번도 철진이 들어와보면 졸고 있음 맨날 안 아다 뉘면서 힘들게 말고 침대서 자라고… 자긴 서울대 가야 한다고
> 옥분은 계속 허참 동생이 헛소리하는 바람에 집으로 오고~

무지갯빛 아침의 회색빛 댓글창

2021년은 공중파 드라마에 성소수자가 이전과는 확연히 다른 방식으로 등장한 해다. 2013년 임성한 작가의 〈오로라 공주〉, 2010년 김수현 작가의 〈인생은 아름다워〉 등에서 납작한 조연을 통해 피상적이고 제한적으로만 그려졌던 성소수자가 2019년 이병헌, 김영영 작가의 〈멜로가 체질〉에 이르러 누나 무리들의 지지와 귀여움을 받는 남동생 이효봉과 애인을 통해 일상적이고 긍정적인 인물로 재현되더니, 2021년 박시현 작가의 〈런 온〉에서는 오빠 고예준이 '나는 남자를 좋아한다'라는 어려운 고백을 하자 '나도다, 그게 무슨 대수라고 그러냐'라고 반문하는 여동생 고예찬의 목소리를 빌려 성소수자에게 지지를 전했다.

그리고 마침내 2021년, 백미경 작가의 〈마인〉에서는 2500만 한국 여성의 이상형인 김서형 배우가 드라마 역사상 가장 멋진 모습으로 성소수자를 연기했다. 〈마인〉에서 가장 인상적이었던 부분은 김서형 배우가 연기한 정서현이 스스로 성소수자임을 고백했을 때 보인 남편의 반응이었다. '내 정체성을 그 누구에게도 사과할 필요는 없지만, 당신을 속인 것에 대해서는 미안하다'라고 말하는 아내에게 그는 '마음대로 되는 일도 아닌데 뭐가 미안하냐, (내 지분을 이용해 회장 자리에) 밀어주겠다. 대표이사가 되는 능력이랑 당신 성 정체성이 대체 무슨 상관이냐'고 말하며 대단원으로 치닫는 극 중에서 최초로 든든한 모습을 보여주었다. 눈물의 사죄도, 충격도 부인도 배척도 없는 깨끗한 드러냄과 받아들임이 무척 인상적이었다. 그러나 그 어떤 드라마보다도 급진적으로 성소수자를 다룬 드라마를 고른다면 2021년 SBS 아침 드라마 〈아모르 파티〉일 것이다.

주인공 도연희의 딸 장서우는 부모님 사이의 인연으로 유치원 때부터 알고 지내온 서형진과 10년 넘는 연애를 하며 결혼을 앞두고 있다. 그런데 어쩐지 형진은 결혼을 망설이는 느낌이고, 영문을 모르는 서우는 자신이 여자로서 매력이 없는 것일까 답답하기만 하다. 마음을 다독이며 상견례 날만을 기다리던 서우는 무단으로 상견례에 불참한 형진을 다그치다 청천벽력 같은 이야기를 듣는다. 그는 언젠가부터 자신이 게이라는 것을 깨달았으나, 오랜 서우와의 인연과 부모님의 기대를 저버리지 못하고 그 사실을 부인해왔던 것. 그러나 결혼을 앞두고 더 이상은 스스로를, 그리고 자신을 사랑해주는 서우를 속일 수 없었던 형진은 서우에게 모든 사실을 고백하고 잠적하게 된다.

안쓰럽고도 비겁한 애인을 둔 죄로 서우는 황망

하고 슬플 겨를조차 없다. 잠적한 형진으로 인해 이별의 책임을 혼자 떠맡은 그녀에게는 실연의 아픔뿐 아니라 원인을 캐묻는 양가 어르신들의 다그침, 무단결근을 하고 있는 형진의 직장에서 걸려오는 연락까지, 해결해야 할 어려움들이 산적해 있었기 때문이다. 배신감과 충격에도 불구하고 서우는 여러 사람들의 종용 앞에서 굳건히 옛 연인의 비밀을 지킨다. 마음이 아파 밥을 잘 먹지 못하던 서우는 어느 날 심한 현기증을 느껴 쓰러지고, 병원에서 임신 사실을 알게 된다.

한편, 외딴 시골에서 의료봉사를 하던 형진은 새벽녘 핸드폰을 켰다가 서우가 임신을 했다는 어머니의 메시지를 보고 단숨에 달려온다. 용서해달라고, 책임지겠다고, 결혼해달라고 비는 형진에게 서우는 외려 사과를 한다. 나를 속인 것은 너무 화가 났지만, 그 외의 일을 마치 오빠의 잘못처럼 말해서 미안하다고. 마지막 순간에 오빠의 성적 지향이 잘못인 것처럼 다그치고 설득했던 것이 내내 미안했다고. 나도 좋은 사람 만나야 하고 오빠도 좋은 사람 만나야 하니 당연히 우리는 결혼하지 않겠지만, 배 속의 아이는 우리 둘의 아이니 잘 키워보자고. 서우의 말에 큰 위로를 받은 형진은 용기를 내어 가족들에게 커밍아웃을 한다. 가족들도 처음에는 받아들이기 어려워한다. 형진의 부모는 자식에게 좋은 부부상을 보여주지 못한 것일까 자책하고, 서우의 조모는 펄펄 뛴다. 그러나 형진의 진심 어린 고백을 들은 부모님은 이내 아들과 뜨거운 화해를 하고, 양가 어른들도 서우 조부의 주도 하에 둘의 결정을 포용하고 존중한다. 성소수자라는 것이 알려진 뒤 취직이 어려웠던 형진은 규모는 작지만 자신을 있는 그대로 받아들여주는 한 병원에서 성실히 아픈 사람들을 치료하며 살아가고, 서우는 공동육아를 하는 싱글 맘의 삶을 유쾌하게 보여주는 유튜브 채널을 운영하며 승승장구한다. 서우와 형진의 딸 다솜이는 엄마 아빠의 사랑을 받으며 무럭무럭 자라고, 드라마의 대단원에 이르러서는 서우에게 새로운 인연이 찾아온다. 형진은 서우의 새로운 출발을 응원하며 둘을 위한 깜짝 이벤트를 마련한다.

〈아모르 파티〉는 성소수자에 대한 차별 없는 이해를 담은 면에서 '교과서적'이라고 할 만한 드라마였다. 형진을 그의 성적 지향성에 초점을 맞추기보다는 현명하고 건실한 인간으로 묘사한 점, 그리고 서우와 가족들의 대사를 통해 성소수자를 존중하는 작가의 관점을 자연스럽지만 분명하게 전달한 점 등이 인상적이었다.

　　그러나 슬프게도 이 드라마가 걷어낸 차별과 혐오는 포털사이트의 드라마 실시간 댓글창으로 모였다. 여기에 별로 옮겨 오고 싶지 않은 내용의 평가와 질문과 항의가 난무했고, 대중매체에서 성소수자의 행복을 그리는 것이 '교육적으로 나쁘다'는 댓글과 더불어 형진이라는 인물에 대한 혐오성 발언이 쏟아졌다. 심지어 〈아모르 파티〉의 최강 빌런 강유나보다도 형진을 더 악하다고 평하기도 했다. 단순히 자신과 성적 지향성이 다른 사람을 사기-폭행-횡령-살인미수-살인범보다 더한 악인으로 취급한 것이다. 무지갯빛 아침드라마를 향해 열린 회색빛 댓글창을 보며, 형진이 왜 30년 가까이 스스로를 속이고 숨길 수밖에 없었는지를 역으로 이해하게 되었다.

　　그러나 결말이 가까워지면 모든 것이 거짓말처럼 행복하게 변하는 아침드라마의 매직은 〈아모르 파티〉 댓글창에도 적용되었다. 서로의 삶을 존중하고 응원하며 균형 있는 육아 분담을 하는 서우-형진의 파트너십이 부럽다는 반응과 응원의 댓글, 형진의 힘들었을 시간에 대한 위로의 말이 등장했다. 서우의 대인배적 모습을 칭찬하며 형진과 서우 각자의 해피엔딩을 기원하는 모습도 볼 수 있었다. 아침드라마의 전매특허, 해피 엔딩으로 가는 급행열차에 서우와 형진, 그리고 시청자들까지 다 함께 탑승한 것이다! 서우와 딸 다솜이의 소풍에 토끼 탈을 쓰고 나타난 서우의 새 인연, 그리고 그 이벤트를 마련한 형진의 독백 장면에서 실시간 댓글창은 격려와 만족의 물결로 넘쳐흘렀다. 기어이 행복을 향해 방향을 바꾸고야 마는 아침드라마의 회복탄력성은 이토록 강력한 것인가! 우리 모두의 삶에 아침드라마의 마법이 햇빛처럼 스미기를 기도한다.

조연의 삶 1
: 행복의 비밀

믿었던 남편, 존경하던 시부모, 나를 괴롭히지만 영 믿지가 않았던 시누이 모두에게 하루아침에 참담한 배반을 당하고 가진 것 하나 없이 맨바닥에서 꿋꿋이 새 삶을 시작한 주인공에게 드디어 나타난 진정한 사랑을 방해하는 수많은 악연과 불운과 발목을 잡는 주변인들과 하늘의 무심함. 1회부터 119회까지 이 모든 불행을 차곡차곡 쌓아오다 20분이 남은 120회에 서둘러 해피 엔딩을 맞는다면 그것을 과연 해피 엔딩이라고 부를 수 있을까? 만신창이가 되어 행복에 안착한 주인공의 마음이 과연 안온할까? 제아무리 대승을 거둔 승전 용사라도 전쟁 트라우마에서 자유로울 수는 없을 텐데 말이다.

반면, 오빠의 새 애인에게 받은 명품 선물 한두 개에 자신을 고등학교 때부터 뒷바라지해준 올케와의 의리를 저버린 시누이는 문득 안부가 궁금해 옛 올케가 일하는 식당에 염탐을 갔다가 사장 청년과 한눈에 사랑에 빠지고, 결국 그와 순조롭고 평화롭게 결혼하여 건강한 자녀를 출산하고 오래오래 행복하게 살았다고 한다. 심지어 그 청년이 옛 올케의 새 사랑의 동생이라 해도 말이다.

한편, 미래가 기대되는 프로 골퍼였으나 철없는 동생과 아내의 낭비벽을 감당하기 위해 골프 코치에 대리운전까지 겸하며 숨차게 살아왔으나 결국 부인의 외도 사실에다 목숨처럼 사랑하는 아들이 자신의 핏줄이 아니었다는 사실까지 알게 된 남자 주인공은 오랜 슬럼프 끝에 동생과 작은 식당을 차리고, 주방 아르바이트생으로 들어온 여자 주인공에게 사랑을 느껴 조심스럽게 새 인생을 시작하고 싶지만 그녀는 어김없이 자신의 전 부인의 현 남편의 전 부인이었고, 그럼에도 놓을 수가 없어서 다시 사랑을 시작한 그에게 이번에는 사랑하는 동생이 여자 주인공의옛 시누이와 사랑에 빠져 아이를 가졌다는 소식이 들려오고, 혹시 이것이 여자 주인공에게 더 큰 상처가 되지 않을까 하여 어렵게 시작한 사랑을 애써 거두려한다.

　반면, 평생을 형의 비호 아래 편안하고 철없이살아온 동생은 형과 함께 차린 식당 카운터에서 꾸벅꾸벅 졸기 일쑤다. 그러던 어느 날 졸린 눈이 번쩍 뜨이는 운명의 상대를 만나 바로 사랑에 빠지고, 뒤늦게 그녀가 형의 애인의 전 시누이라는 사실을 알고 태어나 처음으로 형을 위해 사랑을 양보하려 하지만 이미 둘 사이에는 아기가 생기고, 결국 그녀와 순조롭고 평화롭게 결혼하여 건강한 자녀를 출산하고 행복하게 살았다고 한다. 형의 넉넉한 배려 아래 말이다.

이 이야기는 아침드라마에서 흔히 볼 수 있는 설정을 섞어본 것이다. 아침드라마를 볼 때면 늘 조연의 순조롭고 평화로운 삶에 감탄하게 된다. 조연은 모든 면에서 대단히 출중하지는 않지만 철이 없는 대신 구김도 없으며, 쉽게 실수하고 쉽게 사랑에 빠지고 쉽게 용서받는다. 주인공에게 몰아준 위기와 고비와 역경과 운명의 장난은 조연에겐 한갓 강 건너 불구경일 뿐이다. 조연은 드라마의 협찬사가 어디냐에 따라 의료기기 매장이나 의류 매장, 치킨집 등으로 종목만 달라질 뿐 사장님이라는 자리에 손쉽게 입성한다. 늘 먹고사는 걱정을 하는 것 같아도 시댁에서 쫓겨난 친구를 재워줄 넉넉한 방 한 칸은 늘 있고, 조연의 사춘기 자식들은 부모의 재혼 정도는 당연히 환영할 만큼 늘 쿨하다. 오랜 시간을 백수로 지내왔음에도 조연이 차린 치킨집은 늘 맛있고, 우연히 개발한 소스로 이내 승승장구하게 된다. 못난 자식 때문에 늘 혈압이 오르는 대기업 회장님도 부럽지 않다. 팔자가 좋아도 이렇게 좋을 수는 없다.

누군가에겐 이렇게 쉽고 순조로운 삶이, 누군가에겐 자전거를 타고 모래밭을 달리는 것보다 퍽퍽하고 무겁다니. 주인공이란 과연 행복한 존재인가 생각해보게 된다. 아무리 아침드라마가 결국은 모두 행복해지는 마법을 가지고 있다고는 하지만, 그 과정이 이렇게 힘들어서야…. 나는 감히 주인공이 될 엄두가 나지 않는다. 절명의 전투를 승리로 이끄는 멋진 용사가 되고 싶은 사람도 있겠지만, 나는 차라리 그런 영광이 없더라도 전쟁을 겪지 않는 맹숭맹숭한 사람이 되고 싶다. 부득이 경험할 필요가 없을 것만 같은 삶의 굴곡들을 지나는 때에는 그런 바람이 더욱 커졌다. 그래서인지 아침드라마를 보다 보면, 주인공의 진 빠지는 상황에서 한 발 비껴 있는 조연의 삶처럼 소소하고 평탄하고 즐거운 인생이 궁금해졌다. 사실은 그것이 가장 이루기 힘든 성공이 아닐까, 심지어 그들은 각자의 삶에서는 오롯한 주연일 테니 말이다.

+

그런데 아침드라마 최초로 주연도, 메인 악역도 아니면서 압도적으로 입체적이고 불행한 캐릭터가 등장했으니, 바로 〈불새 2020〉의 조연 서은주. 총 120부작 드라마의 77회부터 등장한 조연 중의 조연 서은주는 남자 주인공 서정민의 비서로 홀로 아들 정민이를 키우는 싱글 맘이다. 난치병을 앓고 있는 정민이를 애틋하게 생각하는 서정민은 서은주를 살뜰히 챙기고, 그것을 사랑으로 오해한 서은주의 망상은 깊어진다. 하지만 서정민 곁에는 이미 앞의 77회 동안 온갖 우여곡절과 풍파를 물리치고 사랑의 확인에 이른 아내 이지은이 있었으니…. 이를 용납할 수 없는 서은주는 비서라는 지위를 이용해 서정민과 이지은의 사이를 계속 엇갈리게 하고, 아픈 아이의 엄마라는 처지를 이용해 난임 부부인 서정민과 이지은 사이에 계속해서 균열을 낸다. 급기야 이지은을 납치해 지하실에 감금한 뒤 서정민과의 해피 엔딩을 꿈꾸던 서은주는 계획이 물거품이 되자, (아마도) 아침드라마 최초로 음독자살로 생을 마감한다. 차분하고 충직한 비서에서 망상증 환자로, 모성애의 화신에서 능력자 악역으로 매주 캐릭터를 바꿔가며 종횡무진을 하다가 어리석은 선택을 하는 안타까운 여인으로 사라진 독보적 굴곡 조연. 조연이 가진 유일한 미덕인 단순함과 평탄함마저 허락되지 않았던 서은주의 명복을 빈다.

조연의 삶 2
: 모두에게는 세계가 있다

2021년 여름, 이상란 여사에게 인생의 일대 이벤트가 찾아왔다. 평소 여사님의 매력을 눈여겨보고 있던 큰딸의 친구 정다운이 촬영감독을 맡은 영화에 단역 출연 제의를 받은 것. 슬픔에 잠겨 공원 놀이터 그네에 앉아 있는 주인공 너머로 어린 손녀의 손을 잡고 지나가는 할머니 역할이었다. 무려 대사도 있어서, 오디션용 비디오를 만들기 위해 우리는 맹연습을 했다. 마흔을 목전에 둔 나와 동생이 다섯 살 손녀 역할을 번갈아 맡았고, 여사님은 감정과 톤을 바꿔가며 여러 가지 버전의 할머니를 연기했다. 그중 가장 마음에 드는 할머니 영상을 제작진에게 보냈고, 감독님으로부터 한 번의 수정 요청을 받은 뒤 이상란 여사는 '금순' 역에 합격했다. 우리는 이상란 배우님의 몰입을 위해 며칠 전부터 여사님을 '금순 씨'라고 부르고 수시로 느닷없이 대사 암기를 체크하며 온갖 호들갑을 떨었다. 드디어 결전의 날, 우리는 떨리는 마음으로 경기도 안산에 마련된 촬영장에 도착했다.

누군가에게는 나의 일터도 퍽 낯설고 새로울 테지만, 처음 보는 영화 촬영장의 모습은 정말 신기했다. 참으로 많은 사람들이 고되고 분주하게 각자의 일을 하고 있었고, 놀이터 한편에는 부단히 대사를 연습하는 주인공도 보였다. 우리는 손녀딸 '다은' 역할을 맡을 어린이 배우님과 인사를 나누고, 사전에 다짐하고 다짐한 기조 '나대지 말자'를 충실히 수행하며 벤치 한쪽에 조용히 앉아 있었다. 곧이어 감독님이 초보 단역배우에게 몸소 찾아와 인사를 건네고, 그가 설정한 세계에 살고 있는 금순이 어떤 사람인지 정성스럽게 소개해주셨다.

그에 의하면 서울 변두리에 살고 있는 금순은 겨우 오래된 집 한 채를 깔고 앉은 1950년대생 주부로, 최근 손녀딸을 봐주기 위해 딸이 살고 있는 안산으로 매일 출퇴근을 하게 되었다. 맞벌이를 하는 딸은 어린이집이 문을 닫을 때까지 퇴근하지 못하는 경우가 부지기수여서, 금순이 손녀를 하원시키고 저녁도 먹이고 집 정리도 한다. 오늘은 손녀딸이 하도 조르는 탓에 함께 밤 산책을 나왔다. 이제 그만 집에 들어가자고 몇 번을 타일러도, 손녀는 집에 가기 싫다고 칭얼댄다. 딸은 이혼을 앞두고 있다. '내가 이 나이에 딸 뒤치다꺼리를 하려고 지하철로 두 시간씩 이 고생을 하다니….' 금순은 화가 치밀다가도 딸과 손녀가 안쓰럽다. 그러나 한편으로는 미운 사위를 쏙 닮은 손녀가 마냥 예쁘지만은 않고, 딸의 앞길에 혹시 걸림돌이 될까 두려운 마음까지 든다. 응당 예뻐하기만 해야 하는 손녀에게 이런 마음이 드는 것이 스스로도 당혹스럽고 죄스럽다. 그러나 이 모든 것에 사랑이 앞서기에, 고단하고 짜증은 나지만 손녀의 손을 잡고 공원을 빙빙 돌고 있는 것이다.

영화에 30초도 채 나오지 않는 금순은 이런 긴 역사와 복잡한 마음을 가지고 있었다. 감독님의 이야기를 듣자 금순 캐릭터가 새롭게 보였고, 금순의 손녀 다은에게도 애틋한 마음이 생겨났다. 배경을 알고 나니 여사님 또한 금순과 더더욱 친밀해졌고, 보다 편안히 영화가 만들어놓은 세계에 속할 수 있었다. 영화 촬영장에 가본 것이 처음이라 원래 영화를 제작할 때 모든 역할에 이렇게 고유한 세계를 부여하는 것인지 아니면 우리가 특별히 사려 깊은 감독님을 만나는 행운을 누린 것인지 모르겠지만, 세상의 모두가 저마다의 세계를 가지고 있다는 당연한 사실을 새삼스럽게 떠올리게 되는 여름밤이었다.

아침드라마에도 수많은 조연이 있다. 주인공의 가족이나 친구, 혹은 주인공이 다니는 일터의 누군가, 빌런의 수하와 그 수하의 수하. 이보다 더욱더 작은 역할도 많다. 극 중에 이들의 배경이나 삶의 궤적까지 상세히 드러나는 경우는 거의 없지만, 드라마 공식 홈페이지를 보면 이들에 대해 드러나지 않는 부분까지 꽤 상세히 소개해놓은 글을 종종 만나볼 수 있다. 과연 누가 열어볼지 모르지만 그러거나 말거나 작가가 정성스레 꾸려놓은 개개인의 세계인 것이다. 가령 MBC 아침드라마 〈이브의 사랑〉에는 주인공 진송아의 집 입주도우미의 딸 강세나가 조연으로 나오는데, 조연인 세나보다도 훨씬 비중이 적은 그의 이모 오영자 씨에게도 아래와 같이 복잡다단한 세계가 깔려 있다.

"시골에서 홀아버지 밑에서 언니와 함께 살았다. 결혼도 안 한 언니가 임신하고 남자와 야반도주를 하자, 충격으로 쓰러진 아버지는 지병이 악화돼 사망했다. 언니를 찾으러 무작정 서울에 상경하여 갖은 고생을 하며 살다가 겨우 언니의 행방을 알아냈지만 언니는 금세 병들어 죽고 조카 세나를 떠맡게 되었다. 딸 한라봉의 성공을 일생의 목표로 삼고 금지옥엽으로 키운다."

KBS 아침드라마 〈차달래 부인의 사랑〉 속 조연 탁허세는 "탁해결부동산의 대표이자 장사구 구의원이다. 통 큰 남자가 갖춰야 할(?) 세 가지 덕목, '뻥, 허풍, 구라'를 고루 갖춘 말로만 요란한 수레, 외강내유를 실천하는 힘없는 남자"로 오영자 씨에 비해서는 짧게 소개된 편이지만, 이 드라마의 주인공인 '차달래 부인'에 대한 설명보다는 두 배 이상 길다는 것을 감안할 때, 탁허세의 세계 또한 매우 충실하고 고유한 것으로 보인다.

한편 SBS 아침드라마 〈해피시스터즈〉 인물소개의 '그 외' 항목에 속해 있는 조연 중의 조연 나승미 여사는 대기업 회장님인데, 이 드라마의 악역인 이진섭의 생모 진말심은 배운 것 없고 가난한 서민층이다. 이 둘이 아주 오랜 친구로 나오는 다소 의아한 설정의 이유를 나는 한정된 제작비와 등장인물 안에서 어떻게든 서사를 꾸려야 하는 아침드라마의 특성 탓이라고 생각했었다. 그러나 홈페이지의 인물 설명을 보니, 개장수의 딸이었던 나승미 여사는 자신의 과거가 들춰지는 것이 싫어 친구를 가까이 두지 않고 외롭게 살았고, 초등학교 동창인 말심에게만 유일하게 마음을 터놓고 살았던 것이다!

아침드라마는 특히 전편을 정주행한다고 해도 조연의 이름을 모르는 경우가 많다. 내가 기억하지 못하는 탓도 있겠지만, (이상란 여사가 연기한 금순씨처럼) 극 중에서 한 번도 이름이 불리지 못하는 경우가 많기 때문이다. 가끔 놓친 내용을 뒤늦게 따라가거나 예고편이 보고 싶어서 아침드라마의 홈페이지를 찾아보다가 인물소개를 살펴보는 경우가 있었는데, 벌써 두세 달을 매일 보던 드라마의 인물을 이름조차 몰랐다는 사실에 놀라고 미안해하곤 했다. 그런데 SBS 아침드라마 〈맛 좀 보실래요〉에서는 남다르게 정교한(!) 세계관 덕에 단역들의 이름을 알게 되어 한참을 즐거워했으니, 그 전말은 이러했다.

주인공 해진의 어머니 옥분이 아르바이트를 하는 의료기기 대리점 사장님 역할은 전설의 예능프로그램 〈가족오락관〉의 진행자 고 허참 선생님이 특별 출연 형식으로 맡고 있었다. 우리는 오랜만에 보는 허참의 모습이 반갑기도 하고 그의 극 중 이름을 모르기도 해서, 가족 단톡방에 내용을 요약할 때면 그를 '허참', 그와 친구들을 '허참 일행'이라고 불렀다. 그러던 어느 날, 아침 재방송을 보고 먼저 나간 동생에게 나는 평소 하던 대로 그날의 내용을 요약해서 이런 카톡을 보냈다.

> 툭탁거리며 서로에게 화를 풀었던 지난날을 돌아보며 행복한 시간을 보내는 대구와 해진. 이와는 반대로 진상과 주리는 유리를 재우는 문제로 사이가 좋지 않은데… 침대에서 내려가지 않는 유리와 자기 편을

들지 않는 진상을 두고 집을 나온 주리. 엄마에게 전화해보지만 옆에서 자기 욕을 하는 오빠의 목소리에 전화를 끊고… 갈 곳이 없어 인성 오빠에게 전화를 한다.

남동생

헐퀴!! 인성 오빠 ㅋㅋㅋ

이 와중에 허참 이름은 허의료

복덕방은 한동산임

ㅋㅋㅋㅋㅋ 화환에 써 있었음
돈까스집 오픈일에 ㅋㅋㅋㅋ

해진이 쏭쏭돈까스를 개업할 때, 허참과 그의 앞 점포에서 복덕방을 하는 친구가 화환을 보내주었는데, 그 리본에 그들의 이름이 써 있었던 것이다. 비록 극 중에서 그들을 호명할 기회는 없었지만 아침드라마의 세계관이란 이렇게나 촘촘하고 사려 깊었다. 그 후로 우리는 그 두 사람을 이야기할 때 꼭 극 중 이름을 사용했다.

> 광주를 속이며 만날 수는 없다는 해진과, 그
> 것은 광주의 진심이 아니라며 헤어질 수 없
> 다는 대구. 자기를 버리지 말라며 매달린다.

남동생

> ㅋㅇㅇㅇ

> 부동산 친구가 얻어준 단칸방에 들어온 진상
> 과 백수, 집이 후지다고 불평하는 진상을 후
> 드려패다가 백수는 통곡을 시작한다.
> 부동산 친구 한동산과 허의료가 쯧쯧대는 것
> 을 들은 옥분의 마음도 편치 않고….
> 유리를 앞세워 돈까스집에 간 진상은 계속
> 진상을 부리고, 문 밖의 대구를 본 유리는 나
> 와서 방해 말고 가라고, 엄마와 아빠와 나는
> 셋이서 다시 살기로 했다고 거짓말을 한다.
> 행복해 보이는 모습에 속아, 돌아갈 수밖에
> 없는 대구….

> 글라스로 쏘주를 마시며 아픔을 달랜다.

만취해서 깨보니 옆에는!!!!!

벌거벗은!!!!

이름 석 자 외에도, 허의료에게는 주인공 못지
않을 만큼 또렷한 삶의 궤적과 겹겹의 감정과 뒤얽힌
관계들이 있을 것이다. 드라마에서는 '옥분을 좋아
하지만 번번이 구애에 실패하는 가여운 노인'으로 납
작하게 보이지만, 그에게도 늘 똑같은 것 같지만 매
일 새롭게 생겨나는 고유한 감정의 변화와 옥분을 사
랑하게 된 다단한 사연과 주저주저하다가 구애에 실
패하게 되는 이유가 분명히 있을 것이다. 그의 이야
기로도 분명 멋진 한 편의 아침드라마가 쓰일 수 있을
것이다. 금순과 우리 모두가 그러한 것처럼, 그도 오
롯한 세계를 가진 인물이기 때문이다.

막장이란 무엇인가

지금도 탁월히 고상한 것은 아니지만 예전의 나는 지금보다 훨씬 더 저열한 언어를 사용했다. 학창 시절에는 남자아이들보다 더 거친 욕을 함으로써 일종의 우위를 점한다고 느꼈던 것 같다. 심지어는 낯간지러운 요조숙녀 행세보다 말을 걸걸하게 하는 쪽이 더 매력 있다고까지 생각했던 것 같다. 굳이 나누자면 모범생 축에 속했음에도 나는 학교에서, 학원에서, 독서실에서, 심지어 교회에서 비속어를 찰지게도 사용했다. 돌아보건대 참으로 딱하고 이상한 방식의 어필이었다.

청소년기를 지난 후에는 언어생활이 많이 달라졌지만 따지고 보면 욕만 안 했을 뿐이지 그리 달라진 것도 아니었다. 나는 내가 당사자인 여성 비하적인 표현에는 꽤나 민감했으나, 장애인이나 다른 인종 등 내가 속하지 않은 집단에 대한 비하가 담긴 말에는 둔감했다. "도둑이야!"를 외치면 내다보지 않고, "불이야!"를 외쳐야만 양동이를 들고 문밖에 나오는 사람 같았다고나 할까.

몇 년 전부터 사회 전반에 걸쳐 언어 사용에 대한 윤리적 감수성이 높아졌다. 올바른 개인이어서가 아니라 사회화된 인간으로서 나도 예전에는 아무렇지 않았던 단어를 더 세심하게 살피고 사려 깊게 사용하려고 노력하게 되었다. 당연히 완벽하지 못하고, 그럴 수도 없지만 말이다. '정치적 올바름'이라는 말이 만능열쇠가 아니라는 것을 잘 알지만, 적어도 누군가에게 상처를 주어서는 안 된다는 것 또한 알고 있다. 그래서 되도록 실수하지 않기 위해 촉각을 세우지만, 지금 이 순간에도 누군가는 불편해할 만한 말과 일을 쌓아가고 있을 것이다.

언젠가 페이스북에 가끔 뜨는 '남선우 님의 N년 전 오늘'에 등장한 이십대 후반의 나는 낯부끄러운 실수담을 무용담처럼 늘어놓은 뒤 "병신같이 왜 그랬을까"라는 말로 마무리를 하고 있었다. 그 후 장애인 친구를 여럿 사귄 나는 사람들이 습관적으로 내뱉는 '병신'이라는 말이 그들을 얼마나 힘 빠지게 하는지 알고 있다. N년 전 글을 보면서 나는 그 실수를 저질렀을 때보다 훨씬 더 낯이 부끄러워졌다. 다시 또 N년이 흐르고 또 언젠가 지금 나의 언어나 행동을 살펴본다면 어떤 기분이 들까(어쩌면 이 책도 남들이 읽지 못하도록 있는 대로 사 모아 없애버리고 싶을지도 모르겠다).

〈어머님은 내 며느리〉가 방영되던 2015년 6월, 나는 인스타그램에 드라마 포스터를 올리며 이렇게 덧붙였다.

"그간 마음 둘 곳이 없을 때마다 깊이 의지했던 막장 드라마들 중 제목으로는 최고인 #어머님은내며느리. 아직 내용으로는 #울지않는새를 이기지 못하나, 곧 어머님이 며느리가 되면 좀 달라질지도."

당시 나는 저 말을 칭찬이랍시고 했을 것이나 내 계정 근처에는 저 칭찬을 받을 대상이 없었고, 웃기려고 한 말이었을지도 모르나 보다시피 전혀 웃기지 않았다.

그런데 며칠 후 누군가가 내 게시물에 댓글을 달았다.

"감사합니당~~"

드라마에서 어머님이자 며느리인 경숙을 연기한 김혜리 배우였다. 김혜리 배우는 아마도 #어머님은내며느리 해시태그를 검색하다가 내 계정을 발견하신 것 같다. 나는 얼굴이 화끈 달아올라 황급히 내가 쓴 글을 다시 살펴보았다. 칭찬이었다고 항변하는 것만으로는 이 부끄러움의 원인을 설명할 길이 없었다. '이기지 못한다고 하지 말걸, 제목으로'는'이라고 하지 말걸, 무엇보다도 '막장'이라고 하지 말걸…'

그럼에도 칭찬으로 여기고 감사하다는 댓글을 달아주신 너그러운 김혜리 배우님께 부끄럽고 감사했다. 무엇보다도 그는 내가 드라마 〈질투〉를 보며 첫눈에 사랑에 빠졌던, 주인공 하경이보다 좋아했던 체리 언니가 아니던가…. 335주 전의 나는 용기를 내어 김혜리 배우님께 "어린 저에게 세상에서 우주에서 가장 예뻤던 배우님, 여전히 정말 너무할 정도로 아름다우십니다!!"라는 댓글을 다시 달았고, 배우님은 "우~~~~왕~~넘 넘치는 칭찬인디요???^^ 더더더!!! 열씨미 하게씀당~^^"이라고 재차 답하셨다.

　''어린 저에게'라고 한정하지 말걸, '여전히'라는 말 붙이지 말걸, 외모 칭찬하지 말걸….'

　'좋아요'가 열세 개밖에 없는 게시물인 걸 보면 나의 영향력이 얼마나 미미했는지는 알 만하고 그래서 참으로 다행이지만, 어쨌거나 나는 남이 열심히 일궈낸 결과물에 무신경한 평가를 했고, 당사자는 그것을 보고도 너그러운 감사를 표했다.

　무엇보다도 일련의 과정에서 내가 부끄러웠던 가장 큰 이유는 그 드라마를 '막장'이라고 표현했기 때문일 것이다. 마구 만들었다는 뜻일까, 갈 데까지 갔다는 뜻일까, 된장 고추장이 아닌 근본 없는 장 같다는 뜻일까(없긴 왜 없겠냐마는!). '막장'의 정확한 뜻은 알지 못하지만 단어의 어감과 용례로 보아 비하의 함의를 갖고 있는 것은 분명하다. 따지고 보면 어떤 단어를 무슨 뜻인지도 모르고 대충 사용한다는 것은 튜브에 들어 있는 물질이면 대충 칫솔에 짜서 이를 닦고, 작은 플라스틱 병에 들어 있는 액체면 대충 뻑뻑한 눈에 넣어보는 것만큼이나 위험한 일이다. 나는 여러 사람들이 힘을 모아 만든 작업에 대해 그런 일을 하고 있었던 것이다.

국어사전에서 '막장'을 찾아보니, 다섯 가지 뜻이 나왔다. '선자 서까래의 마지막 서까래'가 첫 번째 뜻이고 '갱도의 막다른 곳, 혹은 거기서 하는 일'이 두 번째. 그리고 '끝장', '허드레로 먹기 위하여 간단하게 담근 된장', '마지막 장, 특정한 상황의 마지막 장에 다다른 사람을 비유적으로 이르는 말'이라는 뜻풀이가 이어졌다. 아마도 막장 드라마는 막다른 곳에 있는 드라마거나 드라마라는 장르가 갈 수 있는 마지막 장에 다다른 드라마, 끝장난 드라마, 혹은 허드레로 방영하기 위하여 간단히 찍은 드라마라는 의미일 게다. 극단적인 설정, 조악한 세트, 한정된 배경 등 아침드라마가 가지고 있는 한계나 단점이 분명 존재하지만 '막장' 드라마가 그것이 막다랐다거나(실제로 아침드라마의 존립은 한참 전부터 막다른 길에 놓였다), 끝장났다거나(실제로 아침드라마는 2021년 9월에 끝장났다), 허드레라는 의미인지 알았더라면 그렇게 표현하지 않았을 것이다. 비판을 할 수 없다는 의미는 아니다. 다만 뚜렷한 이유와 근거를 들어 성의 있게 써 내려간 비평과 '막장이네'라는 손쉬운 평가의 무게는 엄연히 다르다는 말이다.

한편, 2009년 3월 3일 대한석탄공사의 조관일 사장은 언론사에 대대적인 보도자료를 냈다. 막장 드라마, 막장 국회 등 어떤 대상의 속성을 비하하는 의미로 '막장'이라는 표현을 쓰지 말아달라는 간절하고 강력한 호소문이었다.

그곳은 폭력이 난무하는 곳도 아니고 불륜이 있는 곳도 아닙니다. 30도를 오르내리는 고온을 잊은 채 땀 흘려 일하며 우리나라 유일의 부존 에너지 자원을 캐내는 '숭고한' 산업현장이요 '진지한' 삶의 터전입니다. (…) '막장'이란 단어의 '막'은 '마지막', 즉 '맏의 막'이란 뜻으로 '맏'은 '맏이'처럼 '첫째, 최고'를 의미한다는 점입니다. 이렇듯 '막장'은 어떤 분야에서 최고의 경지에 오른 사람에게 사용되는 용어이기도 합니다.
'막장'은 그렇습니다. 희망을 의미하며 최고를 뜻합니다. 그러므로 드라마든 국회이든 간에

희망과 최고의 경지를 의미하는 것이 아닌 한
함부로 그 말을 사용하지 마시기를 바랍니다.
(…) 말 한마디, 용어 하나라도 남에 대한 배려가
있어야 하지 않겠습니까?[*]

　마음이 덜컹했다. 짧은 내 생각은 '막장 드라마'
라는 표현이 특정 드라마와 그 드라마를 만든 사람들
에게 실례가 된다는 데까지는 겨우겨우 가닿았으나,
그것이 막장에서 일하는 분들께도 상처가 되는 표현
이라는 점에는 미처 미치지 못했던 것이다. 부지불식
간에 저지른 이중의 무례함. 그 증거가 335주 전 게
시물에 박제되어 있다. '몰랐다'는 말이 온전한 변명
이 될 수 있을까?
　말을 하지 않고서는 살아가기 어렵지만 말을 하
고서는 부덕을 피하기가 어렵다. 내 말과 글을 어딘
가에 계속 남긴다는 것은 'N년 전 오늘'을 계속해서
생산해내는 것과 같다. 이렇게 생각하면 지금 이 순
간에도 어찌할 바를 모르겠다. 그저 그 과거의 오늘
들이 쌓여 덜 무례하고 덜 실수하는 오늘을 만들 수

[*]　조관일, 「'막장' '막장' 하지 맙시다!」, 대한석탄공사
　　2009년 3월 3일 보도자료.

있기를, 그리고 지금 지나는 오늘 또한 미래의 오늘
이 좀 더 낫기 위한 뒷받침이 되기를 간절히 바란다.

아침드라마의 9와 4분의 3번 승강장

널따랗게 드러누운 와불과 천불천탑이 있는 화순 운주사는 드라마 〈추노〉의 촬영지로도 유명하고, 올려다보기 어려울 만큼 키가 큰 메타세쿼이아가 좁은 길 양쪽에 촘촘히 자라 있는 남이섬 산책로에는 그곳이 〈겨울연가〉 촬영지였다는 사실을 자랑스럽게 알리는 사인물이 설치되어 있다. 남산의 '삼순이 계단'과 홍대의 '커피프린스 골목'은 이제는 거의 지명으로 자리를 잡았다. 드라마 속 촬영 장소는 드라마의 생명을 현실로, 그리고 오늘로 연장한다. 그렇기 때문에 좋아하는 밥집 여천식당이 있는 용산 골목으로 들어가면 〈나의 아저씨〉가 전해준 추운 겨울의 먹먹한 감정이 떠오르고, 예전에도 즐겨 찾던 명지대 앞 이정희떡볶이가 〈멜로가 체질〉에 나온 이후 새삼 그곳에만 가면 괜히 마음이 간질간질해지는 것일 테다.

그러나 매우 애석하게도, 아침드라마의 촬영 장소를 일상에서 만나기란 쉽지 않다. 상대적으로 제작비가 적은 탓도 있겠지만, 120부작이 일반적인 아침드라마가 주 배경이 되는 장소를 실제 공간으로 섭외해 촬영을 해나가기란 얼핏 상상해보아도 굉장히 어려울 것으로 보인다. 그래서인지 아침드라마의 장면 대부분은 세트장에서 만들어지는 듯하다. 회장님의 저택도 주인공의 단칸방도 늘 똑같은 각도에서만 촬영되기에, 우리는 회장님 소파의 맞은편을 본 적이 없다. 아침드라마가 비현실적이라는 일부 지적은 그 내용 때문이기도 하지만 아침드라마와 현실을 이어주는 실제 장소가 없기 때문일지도 모른다. 종영하고 나면 쉽게 잊히는 원인도 얼마간은 그 때문이지 않을까?

그러나 아침드라마가 현실에 발을 디딜 수 있도록 장소를 제공해주는 곳이 전혀 없지는 않으니, 바로 협찬사의 공간들이다. 아침드라마의 단골 협찬사인 골프의류, 의료기, 식품 프랜차이즈 회사들은 제작비나 제품 외에도 본사의 로비(로 추정되는 곳)와 대리점 등의 장소를 협찬해주는 듯하다. 아침드라마의 회장님들은 대부분 골프의류 업체나 식품 프랜차이즈 회사를 운영하며, 수행원들을 거느리고 근사한 로비를 통과해 집무실 세트장으로 순간이동한다. 또한 조연들이 운영하는 의료기 대리점은 드라마의 사랑방 노릇을 톡톡히 한다. 고된 하루를 보낸 주인공은 친구가 제공하는 체험용 안마의자에서 하루의 피로를 풀고, 온열침대에서 몸과 마음의 긴장이 풀린 조연들은 결코 말해서는 안 될 비밀을 누설하기도 한다. 또한 안락한 가부장의 처마 밑에서 자의 또는 타의로 벗어난 여주인공들은 드라마의 단골 협찬사인 골프의류 매장이나 프랜차이즈 음식점에 취직해 특유의 눈썰미나 친절, 손맛으로 홀로 재기할 기회를 얻게 된다. 이렇듯 협찬사의 공간들은 드라마를 이끌어 가는 데 있어서 중요한 기능을 한다. 나는 이런 공간들이 아침드라마의 세계를 현실로 확장하고, 우리의 세계와 연결해주는 중요한 역할 또한 수행한다고 생각한다. 좀처럼 닿을 수 없는 드라마 속 공간들을 시청자의 일상에서 마주칠 수 있게 해주는 요소이기 때문이다.

2020년 여름, 연신내역을 향해 걷고 있었던 나는 그야말로 현실에 찌들어 있었다. 무더위에 마스크를 쓰고 일하는 것이 처음이었고, 매해 북적북적하게 진행하던 오프라인 행사를 온라인 행사로 준비하는 것도 처음이어서 챙길 것은 많고 시간은 촉박해 스트레스가 이만저만이 아니었던 것이다. 덥고, 습하고, 답답하고, 실패할 것만 같은 기분으로 터질 듯 부풀어버린 나에게 피식 숨구멍을 터준 것은 웬 돈까스 가게의 흰 간판이었다. 이름도 귀여운 '쏭쏭돈까스'는 SBS 아침드라마 〈맛 좀 보실래요〉에서 진상에게 버림받은 해진이 홀로서기를 위해 차린 프랜차이즈 식당이었다. 매일 돈까스를 시켜 먹는 어떤 집에 직접

배달을 하러 간 해진은 남자 주인공 대구의 아들 광주가 그 집에서 매일 혼자 긴 시간을 보낸다는 것을 알게 되고, 광주를 안쓰러워하여 밥 동무가 되어주면서 대구와 인연을 맺는다. 대구는 원하고 원망하는 그의 직업, 드라마 작가를 그만두고 싶은 마음에 일종의 시위로 해진의 가게에서 일을 하고, 자연스럽게 연인으로 발전한 해진과 대구는 무려 기념일에도 불 꺼진 쏭쏭돈까스에서 만나 돈까스를 튀겨 먹는다.

당시 우리 가족은 아침마다 눈앞에서 펼쳐지는 돈까스의 향연에 괴로워했다. 광주가 하루도 빠짐없이 시켜 먹는 저 돈까스는 대체 얼마나 맛있는 것일까, 해진이 개발한 저 소스는 과연 어떤 맛이길래 저리도 반응이 좋은 것일까. 정직하고 단정한 해진의 성격 탓에 좋은 재료와 깨끗한 기름을 쓸 테니 맛있을 수밖에 없겠지, 그러니까 저들은 기념일에도 돈까스를 튀겨 먹는 것이겠지…. 우리는 오늘 점심에는 반드시 돈까스를 먹겠다고 다짐하며 집을 나서지만 몇 시간 지나면 그것을 금방 잊어버렸고, 다음 날 아침이 되면 또 펼쳐지는 돈까스 삼매경에 괴로워하기를 반복했다. 그러나 아침에 생각했던 메뉴를 점심이 되면 잊듯이, 나는 〈맛 좀 보실래요〉의 종영 후 이 드라마를 다시 떠올린 적이 없었다. 물론 돈까스집도 마찬가지였다. 그러던 어느 여름날, 느닷없이 눈앞에 나타난 이름도 귀여운 드라마 속 돈까스집은 몇 달 전 아침마다 우리를 깔깔 웃게 했던 드라마의 기억을 단숨에 불러일으킨 것이다.

　이날 내가 연신내 대로변에서 발견한 가게는 얼마 전까지 아침마다 TV로 보았던 그곳이 아니다(〈맛 좀 보실래요〉 속 돈까스집은 너무도 자명하게 세트장으로 보이는 공간이었다). 그렇지만 같은 로고와 비슷한 인테리어로 꾸미는 프랜차이즈 식당의 미덕(?) 덕분에 이런 즐거운 조우가 가능했다. 그날 내게는 쏭쏭돈까스의 하얀 간판이 소설 '해리 포터' 시리즈의 9와 4분의 3번 승강장처럼 느껴졌다. 따분하고 억눌린 일상에서 '호그와트 마법학교'라는 환상의 세계로 단숨에 이동시켜주는 급행열차가 숨어 있는 '킹스크로스역 9와 4분의 3번 승강장' 말이다. 좀 더 심한 억지를 부리자면, 마법학교에 초대받은 이들에게만 열리는 킹스크로스역 호그와트행 승강장처럼 연신내역에는 아침드라마에 초대받은 이들에게만 열리는 쏭쏭돈까스가 있었던 것이다! 〈맛 좀 보실래요〉의 세계는 이렇게 시간 차를 두고 나의 현실로 확장되었다. 나는 이 말도 안 되는 억지에 함께 웃어줄 수 있는 유일한 동지, 가족들에게 메시지를 보냈다.

"나 오늘 쏭쏭돈까스 봤어!"

신기하게도 이 '마법의 돈까스집'은 실제 SBS 드라마 유니버스를 확장하는 플랫폼으로도 활용되었다. 비슷한 시기에 방영된 SBS 금토 저녁드라마 〈스토브리그〉에 등장하는 야구팀 'HG 바이킹스'의 선수들이 어느 날 아침 〈맛 좀 보실래요〉 속 돈까스집에 등장한 것이다. 바이킹스 로고가 선명하게 새겨진 보라색 모자와 점퍼를 입고 해진이 운영하는 쏭쏭돈까스에 우르르 들어온 선수들은 아홉 명 자리가 있느냐고 물어보며 자리를 잡았다. 왠지 이들을 어디선가 본 것만 같은 해진과 아르바이트생은 잠시 멍하니 서 있다가 이내 손님들을 반긴다. 애청자가 많았던 〈스토브리그〉는 드라마의 종영과 함께 사라진 야구팀과 선수들을 다른 시공간에 다시 등장시킴으로써, 종영 드라마를 그리워하는 사람들에게 유쾌하게 안부를 전했다.

한편, 하루는 동생이 퇴근길에 받아 온 전단지를 내밀며 말했다.

"집 앞에 우주 엄마가 하는 돈까스집이 생겼어!"

당시 즐겨 보던 아침드라마 〈아모르 파티〉에서

주인공의 친구가 운영하는 돈까스집 '하루엔소쿠'가 집 근처에 문을 연 것이다. 귀여운 아들 우주를 키우는 싱글 맘이자 주인공 연희의 절친인 민정이 운영하는 이 돈까스집은 연희가 누구에게도 말할 수 없었던 답답한 속을 털어놓는 곳이자, 우주의 친구이자 남자 주인공 재경의 아들인 하늘이의 아지트인 덕에 연희와 재경의 인연이 좀 더 단단해지는 장소이기도 했다. 우리는 반가운 마음에 그날 저녁으로 우주와 하늘이가 즐겨 먹는 치즈돈까스와 우동을 시켜 낄낄대며 먹었다. '이래서 협찬을 하는 거구나…' 하는 생각이 들었지만 아침드라마가 끝내 폐지된 것을 보면 우리처럼 '쉬운' 소비자가 그렇게 많지는 않았나 보다. 어쨌든 우리가 그날 저녁 먹은 돈까스는 꽤나 맛이 있었고, 다음 날 어김없이 돈까스집에서 돈까스를 먹으며 숙제를 하는 우주와 하늘이를 보고 반가워했다.

"애들아, 우리도 어제 그거 먹었어!"

우리에겐 애도의 시간이 필요하다

2021년의 마지막 밤, 지상파 방송국들은 여느 해와 다름없이 〈연기대상〉 시상식을 생방송으로 송출했다. SBS도 신동엽과 김유정의 진행 하에 무관중, 비대면으로 시상식을 진행했다. 2부에 걸쳐 진행된 시상식은 훈훈하고 즐겁게 흘러갔다. 전체로 보면 예년처럼 민망한 공동 수상은 적은 편이었지만 신인상은 남녀 각 세 명씩 총 여섯 명이 공동으로 수상했고, 장르 판타지 부문과 로맨스 코미디 부문을 나누어 보다 많은 배우들이 수상의 기쁨을 나누도록 배려했다. 2021년 드라마 시청률 1위에 빛나는 〈펜트하우스〉의 출연진 일곱 명이 단체로 대리 수상하며 낭독한 김순옥 작가의 유쾌한 공로상 소감도, 대상을 수상한 김소연 배우의 겸손하고 진솔한 소감도 아름다웠다. 그러나 네 시간의 시상식이 끝나도록 아침드라마와 관련된 이름은 호명되지 않았다. 2021년 4월까지 〈불새 2020〉이 방영되고, 4월부터 10월까지 무려 6개월간 〈아모르 파티〉가 방영되었음에도 불구하고 말이다.

물론 작품성과 연기에 대해 냉정한 평가를 내린 결과 아침드라마 구성원 중에는 수상 적격자가 없었을 수 있다. 그리고 때로는 '적격자 없음'이 시상식의 권위를 높이기도 한다. 하지만 매해 시상식이 뜨는 드라마 몰아주기와 나눠 먹기 논란으로 시끄러운 것을 모두가 아는 마당에 '베스트 커플상'과 남녀 '베스트 캐릭터상', '디렉터즈 어워드'라는 괴상할 만큼 창조적인 이름들 사이에 특별상을 하나 얹을 수는 없는 것이었을까? 상을 주지 않더라도 장르 자체가 사라지는 아침드라마에 대한 짧은 고별 순서조차 없다는 것은 너무한 처사로 여겨졌다. 찾아보니 2020년까지는 '중장편' 부문이 있어, 아침드라마를 비롯한 일일드라마와 중장편드라마를 시상했다. 2021년에 이 부문을 아예 없애버림에 따라 시즌 1이 방영된 2020년 당시 '중장편드라마'에 속했던 〈펜트하우스〉가 2021년 시즌 2, 3으로 이어지면서는 '미니시리즈'로 부문을 옮기게 되는 다소 억지스러운 상황도 벌어졌다.*

* 〈펜트하우스〉가 중장편에 속했던 2020년에는 SBS 〈연기대상〉 중장편드라마 여자 최우수 연기상 부문에 〈펜트하우스〉의 김소연, 이지아, 유진, 그리고 〈불새 2020〉의 홍수아 배우가 후보로 올랐다. 네 명의 배우 중 김소연, 이지아, 유진 등 세 명에게 공동 수상을 안긴 것도 참으로 무례한 일이었다. 홍수아 배우가 후보 구색 맞추기에 장기짝처럼 사용되었다는 느낌은 나만 받은 것이 아니었는지, 그 해 SBS 〈연기대상〉 시상식은 한동안 논란이 되었다.

세상 모든 것에는 끝이 있기에, 사실은 어떤 끝도 그리 이상할 것은 없다. 정든 회사도 반드시 떠날 일이 있고, 사람 간에도 이별이 있다. 어제는 서울의 상징적 장소 중 하나였던 종로 KFC 1호점이 폐점한다는 소식을 들었다. 아침드라마가 폐지되었듯 언젠가는 가장 인기 좋은 시간대의 드라마도, 〈뉴스데스크〉조차도 폐지될 것이다. 그 유명한 〈무한도전〉도 이미 예전에 끝나지 않았던가. 그러나 누구도 무엇도 피할 수 없는 끝이라고 해도 그 끝을 잘 마무리하고, 작별의 시간을 갖는 것은 필요하다. 떠나는 이와 보내는 이 모두에게 마지막을 받아들이고 후일을 도모할 시간이 필요한 것이다. 그러니 나 같은 일개 부품도 퇴사 한 달 전에는 상호 노티스를 하라고 하지 않나.

그러므로 나에게 만일 시상을 할 수 있는 권한이 주어진다면, 특별상이나 올해의 공로상을 '아침드라마'라는 장르에 헌정하고 싶다. 한 해를 마무리하는 자리에서 아침드라마가 지나온 길을 함께 살펴보고, 그 사라짐을 애도하고 싶다. 즐거움과 자부심을 가지고 드라마를 만들었을 사람들과, 아침드라마가 사라지면서 생계 수단이 사라지거나 위태로워졌을 사람들에게 위로를 보내고 싶다. 특히 마지막 아침드라마 〈아모르 파티〉에서는 개인사로 어려움을 겪고 있는 상황에서 본인의 실제 아픔을 떠올릴 만한 역할을 맡았음에도 집중력을 잃지 않고 극을 안정적으로 끌어간 최정윤 배우와, 〈마지막 승부〉와 〈종합병원〉에서 빛나던 청춘의 매력을 간직한 채 만인의 미움을 받는 못난 남편 역할을 멋지게 자처한 박형준 배우에게도 상을 주고 싶다. 성소수자를 편견 없는 시각으로 그려낸 극본에는 무지개상을, 아주 어린 시절부터 질풍 노도의 사춘기까지 서로의 아픔을 보듬으며 좋은 친구로 성장한 우주와 하늘이 역을 소화한 구본준, 정지훈 배우에게 베스트 커플상을 주고 싶다.

네 시간 동안 진행된 시상식을 내내 집중해서 본 것은 아니니, 부디 내가 이 작별의 순간을 놓친 것이기를 바란다.

B급 영화와 아침드라마

오랜 친구 김윤경과 나의 즐거운 취미 중 하나는 문화생활을 가장한 극기 훈련이다. 이를테면 우리는 한겨울 어떤 예술공간 옥상에 여러 개의 텐트/상영관을 치고 자리를 옮겨가며 밤새 예술영화를 보는 행사에 자정 무렵 들어갔다가 땡땡 언 얼굴로 아침에 나와 해장국을 먹고 헤어진다든가, 가장 춥거나 가장 더운 날, 하루에 여덟 곳의 갤러리와 여덟 곳의 근처 맛집을 걸어서 탐방한다든가, B급 영화 예닐곱 편을 연속으로 상영하는 행사에 개근한다든가, 오직 유명 팬케이크집과 근처 전시회에 가기 위하여 서울에서 대구까지 간다든가(그랬다가 팬케이크집이 휴무일인 것을 목적지에 다다라 속도가 느려진 기차에서 알게 된다든가), 여행을 가서 그녀의 아이들을 다 재우고 난 뒤 러닝타임이 무려 237분인 〈고령가 소년 살인사건〉을 본다든가 하며 근 20년을 함께 보냈다. 우리는 서로의 생일에 서로가 제안한 고행에 기꺼이 동참하는 것을 우정의 증표 삼아, 점점 더 고된 스케줄을 구상해내곤 했다.

　　그 과정에서 우리는 소위 '예술영화'라는 고상한 장르와 'B급 영화'라고 부르는 상대적으로 덜 고상하다고 일컫는 장르를 똑같이 대했던 것 같다. 우리는 두 장르를 시청하는 것을 서로를 고문(?)하는 레퍼토리로 동등하게 즐겨 사용했고, 거기에 괴로워하거나 즐거워하는 정도도 비슷했다. 예술영화라는 영예로운 이름을 견뎌야 할 버거운 어떤 것으로 생각하기도 하고, B급 영화라는 다소 민망한 이름에는 상영작의 분위기에 그날 입고 갈 옷이나 저녁식사 메뉴를 설레며 맞추곤 했던 것이다. 생각해보면 크게 특별한 일은 아닌 것이, B급 영화 또한 특유의 정서와 세계를 가지고 있는 하위문화의 한 축이며 이미 긴 역사와 빛나는 거장, 수많은 추종자를 보유하고 있는 견고한 장르이기 때문이다.

　　미국 대공황기에 시작된 B급 영화, 즉 B무비*는

*　영화평론가 주성철의 책을 읽다가 가치판단 없이 이 장르의 고유한 특성을 설명하는 용어로 'B급 영화'보다는 'B무비'가 더 적합하다는 것을 알게 되었다. "그런데 'B급 영화'라는 표현 대신 'B무비'라는 용어를 쓰는 데는, 비평가로 활동한 내부터 한국영화계에서 고독한 B무비 전도사 역할을 해온 박찬욱 감독에 따른 것이다. […] 'B급'이라고 호명하는 순간 예술에 있어서의 우열 혹은 계급적 느낌이 확연해지는 느낌인데, 상업적 요구로 탄생한 B무비의 역사가 이후 A무비와 영향을 주고받으며 변증법적으로 발전했다는 사실을 상기해보면, 굳이 '급'이라는 글자를 추가할 이유가 없을 것이다."(주성철, 『영화를 좋아하는 사람이라면 꼭 알아야 할 70가지』, 소울메이트, 2014, 36~37면.)

메이저 영화, 즉 A무비를 보면 끼워주는 것이었다고
한다. 값싸고 빠르게 만들어서 서비스처럼 제공했던
B무비는 이를테면 볶음밥을 시키면 딸려 나오는 계
란국 같은 존재였달까. 그러나 중국집에 따라서 볶음
밥보다 계란국이 더 맛있는 경우도 있고, 해장이 간
절한 어느 날에는 계란국을 먹기 위해 볶음밥을 시키
는 경우도 있다. 흥미롭고 독창적인 방식의 계란국,
아니 B무비가 많아지고 그것의 가치를 알아보는 사
람 또한 많아졌다고 한다. 그렇게 B무비는 하나의 장
르로 자리잡은 것이다.

　　드라마를 영화에 빗대어 본다면, 아침드라마는
소위 웰메이드 드라마라고 불리는 'A드라마'와 비교
해서 'B드라마'와 같은 지위를 획득하고 있을까? 결
론부터 말하면 아침드라마가 드라마 세계의 B무비
같은 존재로 인식되지는 않는 것 같다. B무비의 거장
들은 국내외를 막론하고 여러 명을 바로 손쉽게 떠올
릴 수 있지만 아침드라마는 그렇지 않고, B무비의 역
사는 계속되고 있지만 아침드라마는 (우리나라에 한
해서지만!) 끝나버렸다. 박찬욱, 김지운, 류승완 같은
유명한 영화감독들이 공공연히 B무비의 팬임을 자처
하고 영화잡지 『씨네 21』에는 'B급 영화 애호가'라는

타이틀로 글을 기고하는 분도 있었지만 아침드라마 애호가는 현실에서건 지면에서건 찾아보기 어렵다. 나 또한 친구 김윤경에게 생일에 B무비를 보자고 한 적은 있어도 아침드라마를 보자고 한 적은 없다. 물론 그간 방영한 아침드라마를 내가 이미 다 보았기 때문이기도 하지만, 실은 그녀가 성게알이 올라간 김밥을 먹으러 부산에는 함께 가줄지언정 아침드라마를 함께 정주행해주지는 않을 거라고 생각했던 것 같다. 말로는 서로를 고문한다고 하지만 진짜로 싫어할 만한 것을 제안하지는 않기에. 그녀는 아침드라마를 싫어한다고 말한 적이 없지만 나는 느낌적인 느낌으로 그것을 제안하면 안 된다고 단정 짓고 있었다.

왜 내가 좋아하는 것을 친구가 싫어할 거라고 생각한 걸까. 이유를 생각해보다가 너무 속상해졌다. 사람과 사물, 대상을 막론하고 좋아하는 것의 단점을 꼽기란 참으로 쓸쓸한 일이었던 것이다. 유치하다, 저열하다, 조악하다, 현실성이 없다, 과한 설정에만 치우친다, 시대착오적이다 등 아침드라마의 단점으로 꼽히는 점들을 헤아리다 보니 나도 그것에 동조하는 것처럼 느껴져서 어딘가 미안해졌다. 마치 남에게 친한 친구의 험담을 하고 나서 내 얼굴에 침을 뱉는 기분이 드는 것처럼 말이다. 괴로움만 더할 뿐인 생각을 멈추고 김윤경에게 뜬금없는 문자메시지를 보냈다. 밑도 끝도 없이 '왜 B급 영화는 즐겨 보면서 아침드라마는 보지 않는지' 물어본 내게 그녀는 '드라마는 너무 길어서 웰메이드도 잘 안 본다'는, 생각지도 못한 대답을 했다. 나는 속속들이 다 안다고 생각했던 사람의 전혀 몰랐던 사실에 놀라며(최근에는 그녀가 공포영화를 보지 않는다는 사실도 알게 되었다. 내가 번데기를 먹지 않는다는 것을 그녀는 알까?), 불호의 원인이 다른 곳에 있었다는 사실에 괜스레 기뻤다. 그것은 '아침드라마'의 잘못이 아니라 '드라마'의 잘못이었던 것이다! 그러고 보니 하루 30분씩 120회를 방영하는 아침드라마를 정주행하려면 꼬박 60시간, 2.5일 정도가 필요하고, 나는 그런 아침드라마를 스무 편쯤 보았으니 인생에서 50일 정도를 아침드라마와 함께한 셈이었다. 죽기 직전이 되면 그 50일이 간절해질지도 모르겠지만 지금으로서는 그 날들 덕에 얻은 즐거움이 더 큰 것 같다.

B무비의 발전 요인 중 중요한 하나는 '자율성'이라고 한다. A무비에 비해 제작사의 관심이 적었던 B무비는 관객들의 눈요기를 위해 자극적인 장면만 일정 정도 삽입하면 그 외의 부분에 대해서는 거의 간

섭받지 않았던 것이다.[*] B무비 감독들은 심지어 자극적인 내용이나 형식을 권장받으며 틀에 갇히지 않은 채 창의성을 실험하고 펼칠 수 있었을 것이다. 영화의 세계와 달리 드라마의 세계는 이와 정반대 방향으로 작동하지 않았을까, 조심스럽게 추측해본다. 전세대가 보는 시간에 방영하고, 제작비가 적고, PPL 광고에 의존하고, 사전 제작은 엄두도 못 내고, 주 5일 송출해야 하는 B드라마는 주류의 틀에서 벗어나기는커녕 오히려 훨씬 더 많은 제약과 간섭을 받아야 했을 것이다. 그렇다면 이 모든 허들을 넘어 120회 완주라는 결승선에 도달한 아침드라마 작가들은 얼마나 대단한 이들인가!

이 대단함을 무기로 김윤경에게 다음 내 생일에는 MBC 유튜브 채널 '옛드'에서 아침드라마 한 편을 정주행하자고 설득해보려다가, 그런 무기는 어떤 의미에서는 소용이 없을 것 같고 어떤 의미에서는 필요가 없을 것 같다는 생각이 들었다. 설득력을 갖춘다 해도 그 일이 그녀에게는 일종의 시간 낭비임에는 변함이 없을 테고, 그럼에도 그녀가 내 바람을 들어주

*   같은 책, 36~37면.

는 데는 별 다른 이유가 필요 없을 테니까. 우리는 밤을 새워 몰아보는 B급 영화가 괜찮은 영화를 쾌적하게 보는 것보다 훨씬 더 재미있다거나 하루에 인천 3대 돈까스집을 모두 방문한 후 인천공항 제2터미널에 들러 냉면을 먹고 돌아오는 행동 자체를 좋아서 하는 것이 아니라, 그런 얼토당토않은 일을 무조건 함께해줄 사람이 있다는 사실을 좋아한 것이기 때문이다. 하물며 내가 좋아하는 것을 무조건 함께한다면 얼마나 더 좋겠는가!

9문 9답

여기까지 쓰는 동안 왠지 쑥스러워 가족들에게는 말을 하지 못했는데, 얼렁뚱땅 고백도 할 겸 이 책에 가장 많이 등장하는 인물, 이상란 여사와 남지우와 아침드라마에 관한 9문 9답을 해보았다.

　[질문]

　1. 간단한 자기소개를 부탁한다.

　2. 여태까지 가장 재미있게 본 아침드라마는?

　3. 아침드라마를 즐겨 본다고 사람들에게 말한 적이 있는지? 혹은 주변에 아침드라마를 즐겨보는 샤이 아드인들이 있는지?

　4. 아침드라마 속 최고의 인물과 그 이유는?

　5. 아침드라마 속 최악의 인물과 그 이유는?

　6. 아침드라마가 왜 폐지되었다고 생각하는지?

　7. 아침드라마가 있을 때와 없을 때 아침 일상이 어떻게 다른가?

　8. 아침 일일드라마와 저녁 일일드라마의 차이는?

　9. 아침드라마를 없앤 자들에게 한마디 부탁한다.

[남지우]

1. 오리를 좋아하는 사람입니다.

2. 너무 많지만 굳이 하나를 꼽자면 〈해피시스터즈〉.*

3. 당당하게 아드마니아라고 말하고 있습니다. 주변에 아드인은 거의 없지만(왜죠…?) 출근이 늦었던 시절엔 아침드라마를 보고 회사에 오는 사람들이 한두 명 있었고, 저녁에 하는 KBS 일일드라마 〈미스 몬테크리스토〉를 좋아하는 지인들도 있었습니다. 특히 코로나 확진이 되어 입원했던 시절, 같은 병실을 썼던 두 환자분께서 〈속아도 꿈결〉을 꼭 챙겨 보셔서 함께 시청했습니다. 해당 시간대 KBS 1TV의 저녁 일일드라마는 새로운 경험이었습니다.

4. 사실 내용이 섞여서 가물가물합니다만… 아드는 역시 심이영** 배우!!!!

5. 광주 엄마***. 아이에게 가혹한 사람… 너무

---

* 〈아침드라마 복용법〉과 〈조연의 삶 1〉 참조.

** 〈해피시스터즈〉,〈어머님은 내 며느리〉,〈맛 좀 보실래요〉
    에 출연했다.

*** 〈맛 좀 보실래요〉의 배유란. 신인배우 시절 잘나가는
    드라마 작가 오대구를 유혹해 결혼했으나, 사실 대구의

나빴다!!!!

6. 뉴스 시간을 늘리려고 폐지한 것으로
알고 있는데[*], 실제로 그 시간에 뉴스를 하지는
않아서 납득이 잘 안 갑니다. 아마도 제작비 대비
아웃풋이 별로여서 그런 게 아닐까요.

7. 출근 준비하는 시간이 너무 심심합니다.
어쩔 수 없이(?) 뉴스를 보고 있습니다.

8. 내용은 별 차이가 없지만 아침드라마가 왠지
더 시간이 짧게 느껴집니다. 사실은 비슷한데.

9. 호관원[**], 일월의료기 광고 많이 해도 되니

친구 정준후와 불륜 관계였다. 이후 대구가 슬럼프를 맞자
그를 버리고 유학을 떠나고, 준후와 불륜을 이어간다.
아들 광주가 자기 인생의 발목을 잡았다고 생각하며 조금도
사랑을 주지 않는다. 준후에게 버림을 받은 후 광주 귀
뒤의 점이 준후와 닮았다는 이유로 광주에게 다시 사랑을
퍼붓다가 친자확인 검사 결과 광주가 준후 아들이 아님이
밝혀지자 다시 광주를 미워하며 아이를 괴롭고 혼란스럽게
만든다. 학력과 경력을 위조하여 토크쇼에 출연하다 모든
것이 거짓으로 밝혀지고, 다시 광주에게 접근하여 대구와
재결합하려고 한다. 그러나 해진(심이영 배우!)과 사랑에
빠진 대구가 이를 거절하자 해진을 차로 치려 한다. 해진의
전 남편이 대신 치이고, 감옥에 가게 된다.

[*]   사실 무근이다.

[**]   관절 건강 식품 호관원은 아침드라마가 사라진 후에도 현재

돌아와줘요!

[이상란]

1. 뜨개질과 맛집 탐방을 좋아함.*

2. 〈맛 좀 보실래요〉**

3. 즐겨 본다고 말했다. 주변 사람들이 보든 안 보든 신경 쓰지 않지만 내 생각엔 본인들도 가끔 볼 텐데 밝히지 않는 듯하다.

4. 심이영*** 배우! 비슷한 캐릭터들이지만 역할을 잘 소화하는 듯하다.

5. 〈겨울새〉****의 반효정. 최악의 못된 시어머니다.

6. 예전에 비해 시청률이 저조해서 아닐까?

방영 중인 KBS 주말드라마 〈신사와 아가씨〉에서 배우들이 열심히 챙겨 먹고 있다.

* 왜 우리 가족은 자기소개를 하라니까 좋아하는 것을 말하는 것일까? 나도 이 책의 자기소개에 참고해야겠다.

** 〈이상란 여사의 주요 일과〉, 〈조연의 삶 1〉, 〈아침드라마의 9와 4분의 3번 승강장〉 참조.

*** 사실은 나도다.

****〈아침드라마의 1부 리그 진출〉 참조.

우리는 계속 열심히 봤는데….

　7. 딱히 생각해본 적은 없다. 집중하진 않아도 여전히 아침마다 TV는 틀어놓고 있다.

　8. 아침드라마를 좀 더 집중해서 보는 것 같다. 저녁 시간은 이것저것 바쁘고 식사 시간이 겹치기도 하니까.

　9. 코로나로 삶이 너무 많이 변했는데 아침드라마를 다시 편성해주시면 예전의 일상을 조금이나마 회복하지 않을까요?

좋은 드라마와 좋아하는 드라마*

* 이 글은 2019년 10월 KBS 교향악단의 프로그램북에
   기고했던 〈좋은 음악과 좋아하는 음악〉을 드라마 버전으로
   각색한 것이다.

아름다움을 논하는 사람들 사이에서는 오래전부터 '닭이 먼저냐 달걀이 먼저냐'와 비슷하게 풀리지 않는 논쟁거리가 있었다고 한다. 바로 어떤 것의 아름다움이 그 대상의 속성 안에 원래 있는 것인지, 아니면 그 대상의 아름다움을 지각하는 자에 의해 결정되는 것인지에 대한 물음이다. 말을 바꾸면 장미꽃이 아름답고 향기로워서 우리가 좋아하는 것인지, 그것이 우리의 마음에 들기 때문에 그렇게 생긴 것을 아름답다고, 그런 냄새를 향기롭다고 느끼는 것인지에 대한 논쟁이라고 할 수 있겠다. 드라마도 마찬가지다. 좋은 요소를 가지고 있어서 좋게 보이는 것일까, 아니면 그 드라마가 내 마음에 드니까 그런 요소를 좋다고 느끼는 것일까?

미학에서는 전자의 입장을 미적 객관주의라고 부른다. "항상, 그리고 본래부터 아름다운 사물들이 존재한다"고 말한 플라톤이 미적 객관주의를 대표한다고 할 수 있겠다. 그의 말이 진리라면, '본래부터 아름다운' 대상을 볼 때 우리 모두는 이견 없이 그 아름다움이나 좋음을 발견할 수 있어야 한다. 한편 후자의 입장은 미적 주관주의라고 부른다. "좋은 것도 나쁜 것도 존재하지 않는다. 다만 그렇다고 생각할 뿐이다"라는 윌리엄 셰익스피어의 말에서 아름다움을 대하는 주관주의적 면모를 찾을 수 있다. 그의 말이 맞다면 셰익스피어의 희곡을 좋아하는 사람도 좋아하지 않는 사람도 있는 것이 당연하고, 그러한 판단의 근거는 작품 자체가 아니라 그의 희곡을 읽는 사람에게 있는 것일 테다. 거칠게 요약하면 미적 객관주의는 '좋다'를, 미적 주관주의는 '좋아함'을 지지하는 입장이라고 할 수 있다. 서양을 기준으로 고대부터 계몽주의 시기까지 이 둘은 많은 미학자들과 예술가들에 의해 엎치락뒤치락 세를 바꿔가며 주요 쟁점으로 자리해왔고, 지금까지도 결론은 나지 않았다. 정확히는 '결론이란 없다' 혹은 '이 논쟁은 중요하지 않다'라고 결론이 난 것 같기도 하지만.

드라마 감상에도 미적 객관주의와 주관주의를 적용할 수 있다. 객관주의를 지지하는 드라마 애호가라면, 누구도 무어라 하지 못할 '좋은 드라마'라는 것이 존재한다고 말할 것이다. 그리고 그 좋음의 요소는 바로 드라마 속에 있다고 말할 것이다. 주관주의를 지지하는 사람이라도 이 말이 어느 정도는 맞는다는 것을 인정한다. 미적 쾌감을 주는 균형 있는 미장센으로 꾸려진 화면, 흠잡을 데 없는 연기, 문학에 견줄 만한 아름다운 대사들, 감정의 고양을 도울 근사한 음악이 존재한다는 것은 드라마의 역사가 뒷받침

하는 검증된 사실이니까. 미술에서 누구나 아름다움을 느낀다는 황금비율이 존재하는 것처럼 말이다.

'좋음'을 중요시하는 객관주의는 예술의 질을 높이는 데 분명 기여한 바가 있다. 창작자의 입장에서 객관적으로 좋은 요소들을 두루 갖추고, 그렇지 않은 요소들을 덜어내기 위해 부단한 노력을 기울였을 테니까 말이다. 그러나 객관주의는 개인의 취향이나 감상을 다소 가볍게 여기거나, '이게 바로 좋은 드라마다'라는 식의(혹은 그 반대의) 강요 섞인 실수를 범하기 쉽다.

주관주의를 지지하는 애호가라면 '이것이 내가 좋아하는 드라마다' 또는 '나는 이 드라마를 좋아하지 않는다'라는 말을 할 것이다. 언뜻 보기에는 객관적인 '좋음'의 요소를 찾아내고 분석하는 것보다 주관적인 '좋아함'을 표현하고 주장하는 것이 예술을 평가하는 데 더 적합하고 인간적인 것처럼 보인다. 그러나 주관주의의 평가는 간혹 '미학적으로는 완벽하지만 좋지 않았다'거나 '연기력은 흠잡을 데가 없었으나 어딘가 모르게 좋지는 않더라'는 등의 성마른 판단으로 누군가의 노력을 무책임하게 일축하기도 한다. 반대로 객관적인 완성도는 무시한 채 덮어놓고 '내가 좋아하는 것이 바로 좋은 것이다'라는 식의 판단이 난무하게 될 수도 있다.

그런데 순도 백 퍼센트의 객관주의 또는 주관주의가 과연 가능할까? 온통 '좋음'으로만 이루어져 있는데 모두가 외면하는 콘텐츠도, 좋아할 구석이 단하나도 없는데 사랑받는 콘텐츠도 불가능할 텐데 말이다. 나는 단연코 동양화와 서예를 보는 눈이 없다. 그런데 대상의 아름다움이 그 대상 자체에 존재한다면, 좋은 동양화와 좋은 글씨를 단번에 알아보고 무릎을 쳐야 하는 것이 아닐까? 그러나 애석하게도 그런 일은 거의 없었다. 반대로 그 기준이 내 안에 있는 것이라면 굳이 좋다는 것에 대해 공부하고 배울 필요가 전혀 없을 것이다. 어차피 누가 뭐라 해도 나 좋거나 나 싫으면 그만일 테니까. 우리는 이처럼 극단적인 입장들이 가진 맹점과 위험을 수많은 경우들을 통해 이미 알고 있다.

물론 다소 안전한 입장들도 있다. 주관주의에 방점을 찍고 있지만 객관적인 기준과 원칙이 존재한다는 것을 염두에 두고 임의적 판단을 지양하려 하는 객관적 상대주의와, 객관주의에 근거하지만 상대주의적 가치와 의미를 놓치지 않으려 하는 상대적 객관주의가 그것이다. 상대주의를 수용한 입장 외에 다원주의와 결합한 입장들도 있다. 이들의 공통점은 작품에 내재한 요소와 그것을 접하는 감상자의 주관적인 판단, 즉 '좋음'과 '좋아함'을 결합하려고 한다는 것이다.

객관주의와 주관주의 사이에 정답은 없듯이, '좋은' 드라마와 '좋아하는' 드라마는 늘 일치하지도 않지만 영원히 평행하지도 않는다. 객관주의 입장에서 정말 좋은 드라마는 그것을 좋아하지 않는 사람도 설득할 수 있을 테니까. 그리고 그것이 가능하려면 주관주의 입장에서 다소 낯설거나 부족해 보이는 대상에서라도 '좋음'을 찾아내려는 마음과 노력 또한 필요하다. 결국 좋은 것이 많을수록, 그리고 좋아하는 것이 많을수록 우리의 기쁨은 늘어날 것이기 때문이다.

+

예전에 나는 미술 잡지사와 미술관에서 미술과 관련된 일을 했고 지금은 미술과 공연과 음악과 관련된 일, 혹은 완전히 미술도 아니고 완전히 공연도 아니고 완전히 음악도 아닌 일을 하고 있다.

언젠가부터 일로 만난 사람들과 취향에 관해 이야기하는 것이 점점 더 조심스럽고 어렵게 느껴진다. 같은 분야에서 일하거나 마음에 들고 싶은 사람 앞에서라면 더욱 그렇다. 내 취향이 아닌 것을 아니라고 말하는 것보다 좋은 것을 좋다고 말하는 것에 더 주저하게 되는데, 무엇을 보는지와 무엇을 듣는지가 나라는 사람의 많은 것을 설명해줄 것 같기 때문이다. 사실 그것은 설명이 필요 없이 척하면 착하고 통하기를 바라는 마음 때문일지도 모른다. 그렇기에 내가 쿵! 했는데 그쪽이 짝!이 아닐까 봐서, 혹은 반대일까 봐서 조심스러워지는지도 모른다. 다른 분야에서 일하는 사람들과도 조심스럽기는 마찬가지다. 예술 계통에서 일한다고 하면 사람들이 내 취향에 대해 모종의 기대감을 갖기 때문이다. 그래서인지 어떤 작가를 좋아하는지, 최근 인상 깊게 본 영화가 있는지, 요즘 듣는 음악은 무엇인지에 대해 이야기를 나눌 때면 어딘가 마음이 어려워진다. 그런데 이것을 말하자니 수준이 낮아 보이고, 저것을 말하자니 젠체하는 것 같고, 그것을 말하자니 이상한 사람처럼 보일 것 같은 어려움 속을 헤매다가 문득 아침드라마를 좋아한다고 털어놓고 나면 일종의 해방감이 찾아온다. 쿵짝이 맞지 않아도 우하하하 웃을 수 있고, 쿵짝이 맞는다면 우하하하 신날 수 있고, 기대를 와르르 무너뜨릴 수도 있고, 예측을 유유히 피할 수도 있으니 말이다. 그리고는 금세 깨닫는다. 내가 좋아하는 것이 여간해서는 나에 대한 판단을 바꾸지는 못한다는 것을. 나를 좋아하는 사람은 내가 아침드라마를 좋아하는 점을 좋아했다. 어떤 이는 의외라며 좋아하고, 어떤 이는 예상대로라며 좋아했다. 아마 그 반대의 경우도 마찬가지일 것이다. 내가 아침드라마를 좋아한다는 사실이 상대가 나에 대해 좋아하거나 싫어하는 마음을 더할 수는 있지만, 팔씨름의 꺾기처럼 경계선 반대편으로 넘어가버리는 역할을 하지는 않았던 것이다.

아침드라마의 귀환을 기다리며

2021년 12월 31일이 방금 지났다. 나는 한 해의 마지막 날을 아주 평범하게 보냈다. 남은 월차를 쓰고 늦잠을 잔 후 진실 언니와 추어탕을 사 먹고 전시를 보고 차를 한잔 마신 뒤 전시를 하나 더 보고 코코아를 마신 뒤 집에 돌아와 엄마와 스파게티를 해 먹고 넷플릭스에서 영화 〈돈 룩 업〉을 본 뒤 SBS 〈연기대상〉을 틀어놓고 보는 둥 마는 둥 하며 전화와 메시지로 여러 사람들과 새해 인사를 나누었다.

　마지막 날은 이토록 잔잔했지만 한 해를 돌아보니 나의 삶에는 좋은 쪽으로도 나쁜 쪽으로도 커다란 일들이 수없이 일어났다. 가족 한 명이 코로나에 걸렸고, 오랫동안 마음과 공을 들인 일들이 기적적으로 이루어지거나 끝끝내 이루어지지 않았고, 계획에 없던 이사를 가게 되었고, 우연과 선의로 꿈같은 호사를 누렸고, 사기를 당해 경찰의 도움을 받기도 했고, 다시는 못 볼 거라 생각했던 사람들과 정말 오랜만에 조우했고, 간직하기 버거운 비밀들도 전해들었고, 실로 아침드라마 같은 배신과 통쾌한 복수를 목격했고, 과분한 선물을 받았고, 사랑하는 사람 몇몇이 세상을 떠났고, 갑자기 한 뼘의 땅이 생겼고, 처음으로 흰머리가 났고, 처음으로 교통사고를 냈다.

　이토록 많은 사건들이 한 해 만에 다 튀어나온

까닭은 삶의 역동을 오이지 누름돌처럼 누르고 있었던, 혹은 나의 삶의 평탄함을 위해 나를 대신해서 가파른 오르내림을 반복해주었던 아침드라마가 사라졌기 때문이었을까. 세상이 그 정도로 나를 중심으로 돌아가지는 않을 테니 당연히 그럴 리는 없지만, 적어도 아침드라마가 사라진 이후 삶이 조금 바뀐 것은 사실이다.

우선 이미 알고 있었던 것이지만 세상 모든 것에 끝이 있다는 사실을 다시금 확인했다. 기억이 있는 순간부터 당연히 존재하는 줄 알았던 아침드라마가 끝났고, 영원히 우리를 괴롭힐 것만 같았던 공인인증서가 폐지되었고, 상징적인 몇몇 노포들이 문을 닫았으며, 개체수 감소로 알배기 도루묵 포획이 금지되어 이제 여간해서는 그 단단하고 녹진한 맛을 음미할 수 없게 되었다. 그러나 그 끝들은 나의 생각보다 드라마틱하지 않았고, 끝이 난 다음 날도 삶에는 사실 별다른 변화가 없었다.

다음으로는 아침의 루틴이 약간 바뀌었다. 일어나자마자 TV를 켜고 뭐라도 들으면서 준비를 하는 습관은 여전해서 우리는 아침드라마를 볼 시간에 뉴스를 보기 시작했다. 만화 〈달려라 하니〉에서 하니의 추억이 가득 담긴 옛집에 새로 이사 온 나애리와 하니는 친구가 될 수 없었듯이, 아침드라마의 적자로서 우리는 그 자리에 새로 편성된 생활정보 프로그램만은 볼 수 없었던 것이다. 관심 있는 것 말고는 관심이 없던 우리는 매일 뉴스를 놓치지 않고 보게 되면서 강제로 세상사에 밝아지게 되었다. "어머 어머 웬일이니"라는 추임새는 아침드라마에도 아침뉴스에도 똑같이 어울리는 것이었고, 잠을 깨우는 놀라움과 비현실성 또한 여전했다. 우리는 픽션에 놀라는 쪽이 팩트에 놀라는 것보다 훨씬 행복했다는 이야기를 나누었다.

그러나 그것도 잠시, 우리에게는 '저녁 일일드라마 아침 재방송'이라는 새로운 낙이 찾아왔다. MBC 저녁 일일드라마가 다음 날 아침에 재방송을 한다는 사실을 발견한 우리는 환호성을 질렀다. 2022년 1월 현재 방영 중인 〈두 번째 남편〉은 아침드라마 못지않은 어마어마한 전개로 우리에게 즐거움을 가져다주었다. 일찍 출근을 해서 그동안 아침드라마 본방송을 못 보던 동생은 이제 그만큼 일찍 퇴근하기에 저녁드라마 본방송을 보게 되었다. 반면 퇴근이 늦은 나와 뜨개방이나 교회 모임 등으로 공사다망하신 이상란 여사는 저녁 7시가 되면 동생이 보내주는 즐거운 스포일러를 기다리기도 했다.

　새해가 밝은 지 얼마 안 되어 갑자기 회사가 바빠지고 이사와 새집 수리로 떠돌이 생활을 하게 되어 그야말로 눈코 뜰 새가 없는 한 달을 보냈다(관습적으로 쓰는 말이긴 한데, 대관절 코는 어떻게 뜨는 것인가). 정말 신기하게도 이사 직전에 집에 있는 가전제품의 70퍼센트가 수명을 다했다. TV 화면에는 손바닥만 한 검은 반점이 생겼고, 냉장고는 냉기 유지가 힘겨워 보였고, 세탁기는 오히려 빨래에 더러움을 묻혔고, 선견지명이 있었던 에어컨도 작년 끝여름부터 송풍구가 열리지 않았다. 여기에 대부분 이상란 여사가 결혼할 때 장만했던 오래된 가구들까지 다 버리고 설 연휴 전날 이사를 마친 우리는 배송이 멈춘 닷새의 연휴 동안 굉장히 원시적인 삶을 살았다. 소파도 에어컨도 장롱도 세탁기도 테이블도 침대도 식탁등도 전자레인지도 없는 집에서(이사했는데 대체 무엇을 옮긴 것인가) 친구 니키리가 준 자그마한 텔레비전 하나를 거실 바닥에 두고는 함께 배를 깔고 누워 〈두 번째 남편〉의 재방송과 본방송을 보았다. 절벽에서 봉선화와 혈투를 벌이다 실족해 행방불명되어 장례까지 치렀던 윤재경이 살아 돌아와(떨어질 때 패딩

점퍼가 낙하산 역할을 했고, 정신을 잃은 그녀를 발견한 아저씨가 마침 약초꾼이어서 치료를 받을 수 있었다고 한다) 악행을 이어가고, 봉선화는 사랑하는 윤재민의 어머니 주해란이 자신의 친어머니라는 사실에 절망한다. 그러나 우리는 이미 약 40회쯤 전에 주해란이 '재민아, 내가 낳지는 않았지만 넌 정말 내 친아들이나 다름없다'라고 혼잣말을 한 것을 알고 있었다!

덜 깬 잠을 쫓아낼 필요도 없고, 예방주사를 맞을 일도 전혀 없는 연휴였지만 우리는 아침(에 재방송하는 저녁)드라마를 빼먹지 않고 사수했다. 임시 텔레비전으로 방송을 보려면 핸드폰을 텔레비전에 연결해두어야 했기에 핸드폰을 달고 사는 우리는 다른 프로그램을 볼 생각은 전혀 하지 않았다. 모든 것이 바뀌어 낯설고 설레는, 기본적인 물건조차 없이 불편한 환경에 둘러싸이게 되면서 그나마 우리에게 익숙한 무언가를 놓지 않고 싶어서였을까. 우리는 아직 커튼도 블라인드도 없어 내리쬐는 햇살 때문에 아침 일찍부터 잠이 깨는 각자의 방을 쓸고 닦고 정리하고 필요한 것을 주문하다가도 아침 9시만 되면 사방에서 들여다보이는 거실에 모여 따뜻한 바닥에 엎드렸다. 전날 본방송으로 이미 본 것인데도 굳이굳이 둘러 모여 "선화야, 재민이랑 너 남매 아니야!"를 외치며 안타까워하다 낄낄대다 아침을 시켜 먹고 다시 정리를 하러 헤쳐 모였다. 필수품을 애타게 기다리며 이삿짐을 정리하고 또 정리하는 과정이 꽤나 고된 일이었는데도 그렇게나 즐거울 수 있었던 데는 아침(에 재방송하는 저녁)드라마의 공이 컸다. 아침드라마는 사라지고 나서도 우리에게 이렇게 도움을 주는구나, 하는 다소 억지스러운 생각은 『아무튼, 아침드라마』를 쓰지 않았다면 아마도 들지 않았을 것이다.

언젠가 만약에 혹시나 내가 '아무튼'을 쓰게 된다면 전시회나 수영, 혹은 팬케이크가 아닐까 하며 김칫국을 마셨더랬다. 그런데 막상 제안을 받고 보니 모든 것이 망설여졌다. 그렇게 이 생각 저 생각을 하다가 아침드라마가 떠올랐고, 그 자리에서 목차의 대부분이 정해졌다. 태어나서 처음으로 얇은 책 한 권을 쓰게 되었는데, 그것이 아침드라마에 대한 책일 줄이야.

글을 쓰면서 아침드라마를 더 좋아하게 된 것 같다. 연애에 비유하자면 첫눈에 반한 건 아니었는데 그냥저냥 보다 보니 점점 더 좋아하게 되다가 헤어지고 나서야 완전히 빠져버린 비극적인 경우랄까(너의 소중함을 몰랐던 날 용서해…). 있을 때는 몰랐는데 사라지니 아쉬운 것들투성이인, 아무것도 없는 새집 바닥에 엎드려 좋아하는 마음에 대해 생각해보았다. 아침드라마가 없는 삶이 그렇게까지 공허하거나 비극적인 것은 아니지만, 언젠가 아침드라마가 돌아온다면 정말정말 기쁠 것 같다. 계속해서 내일을 궁금하게 하는 동력과 깨기 싫은 아침에 기운을 더해주었던 흥미진진함, 가족끼리 공유할 수 있는 소소한 즐거움이 돌아오는 것에 대해 기뻐하지 않을 도리가 없는 것이다. 이 모든 것이 우리의 일상에 언젠가 돌아오기를 바라며, 이 모든 것을 만들어주기 위해 애쓰셨을 많은 분들에게 처음으로, 그리고 진심으로 감사를 보낸다.

나를 만든 세계, 내가 만든 세계
'아무튼'은 나에게 기쁨이자 즐거움이 되는,
생각만 해도 좋은 한 가지를 담은 에세이 시리즈입니다.
위고, 제철소, 코난북스, 세 출판사가 함께 펴냅니다.

아무튼, 아침드라마

초판 1쇄 2022년 3월 5일
초판 2쇄 2024년 7월 5일

지은이 남선우
편집 이재현 조소정 김아영
디자인 일구공 스튜디오
제작 세걸음

펴낸곳 위고
등록 2012년 10월 29일 제406-2012-000115호
주소 경기도 파주시 돌곶이길 180-38 1층
전화 031-946-9276
팩스 031-946-9277

hugo@hugobooks.co.kr
hugobooks.co.kr

ISBN 979-11-86602-70-6 02810